milamor

Livia Garcia-Roza

milamor

EDITORA RECORD
RIO DE JANEIRO • SÃO PAULO
2008

CIP-Brasil. Catalogação-na-fonte
Sindicato Nacional dos Editores de Livros, RJ.

G211m   Garcia-Roza, Livia
        Milamor / Livia Garcia-Roza. – Rio de Janeiro: Record, 2008.

        ISBN 978-85-01-08441-5

        1. Romance brasileiro. I. Título.

                            CDD – 869.93
08-2949   CDU – 821.134.3(81)-3

Copyright © Livia Garcia-Roza, 2008

Capa: Victor Burton

Direitos exclusivos desta edição reservados pela
EDITORA RECORD LTDA.
Rua Argentina 171 – Rio de Janeiro, RJ – 20921-380 – Tel.: 2585-2000

Impresso no Brasil

ISBN 978-85-01-08441-5

PEDIDOS PELO REEMBOLSO POSTAL
Caixa Postal 23.052
Rio de Janeiro, RJ – 20922-970

EDITORA AFILIADA

Para Judith

CAPÍTULO 1

Apesar das dietas rigorosas, do constante esforço para ir à hidroginástica, e do longo percurso diário das caminhadas, meu corpo faliu. Nada mais dá jeito nele. Foi-se, à medida que as primaveras se cumpriam. Agora só o reencontro nas fotografias. O único consolo é que aquela moça fui eu. Mas a minha alma permanece intocável. Uma orquídea de estufa, viçosa e bela. Trago-a tinindo, no mais absoluto frescor...

— Falando sozinha, mamãe?

— Há muitos anos.

Moro com Maria Inês, minha filha. Não tive opção. Com a súbita morte de Haroldo, e aproveitando-se da confusão do momento, Maria Inês me trouxe para a casa dela, que fica no alto de uma ladeira, no último prédio de uma rua de paralelepípedos, de difícil acesso. Haroldo, se vivo fosse, diria que era caminho pra cabrito. Nunca pensei que fosse terminar meus dias encarapitada num morro, mas Maria Inês diz que escolheu a moradia porque daqui se descortina o Cristo; de costas, o que não considero de bom augúrio. Mesmo nessa posição, lá está ele, embelezando a vista. Na verdade, sou muito grata à Maria Inês, por ter me acolhido num momento tão difícil. Raras são as filhas capazes de um gesto tão generoso.

Moramos bem, minha filha e eu, num bom apartamento, espaçoso, claro e vazio, porque ela não gosta de móveis. Precisa se locomover — nos poucos momentos que passa em casa —, sem nada ao redor, na amplidão. Na verdade, aqui no alto, moramos eu e as samambaias, com quem troco idéias diárias. E recebemos duas visitas, a de Maria Inês e a da diarista. Sim, porque minha filha trabalha o dia inteiro e quando termina o expediente emenda na noite com os colegas. Conversar comigo é raro. Quando começo a falar — se não for para me queixar de alguma dor —, ela se desinteressa, instantaneamente. Está sempre apressada, até o café da manhã ela toma em pé, ao lado da porta de entrada. Sábado e domingo passa o tempo todo no computador, ou no telefone. O que me vale é ter cultivado amizades ao longo da vida. Felizmente, até hoje, sou muito procurada; não tenho do que me queixar. Mas eu estava falando do desenlace súbito de Haroldo.

Vivemos juntos durante muitos anos, Haroldo e eu, mas com o passar do tempo, melhor dizendo, com o nosso passar no tempo — que a tudo esboroa —, a relação finou-se. Às vezes eu até me surpreendia, ao ver, acidentalmente, seu membro sexual. Era um extra na nossa relação, porque nos tornamos amigos, bons e ternos amigos.

Além de excelente ouvinte (uma raridade no mundo atual), Haroldo era um grande companheiro, e um homem corretíssimo. Mas... eu tive um amor. Certo dia, um sol radioso surgiu na linha do horizonte emitindo seus raios fulgurantes. Mas voltemos a Haroldo.

Era uma tarde quente de verão, conversávamos na sala do apartamento, com o ar-condicionado ligado, e as pernas esticadas nos pufes, quando ele soltou um espirro. Comuníssimo ele espirrar. Talvez tenha sido a sua mais constante expressão corporal. E deu continuidade; habituara-se a espirrar em série. Até aí, nada de mais, porque ele andava meio gripado, apesar de ter tomado a vacina. Como nos enganam, santo Deus! Antes de me levantar para pôr um café pra fazer, dar tempo da sessão de espirros terminar, perguntei se ele queria que eu desligasse o ar-condicionado. Haroldo balançou negativamente a cabeça. Ao voltar para a sala, ele ainda espirrava, seguindo-se a estes uma tosse seca, e daí para perder o ar, foi em instantes. Haroldo passou a respirar pela barriga, se assim me posso expressar. A seqüência foi essa. Maria Inês, de saída para algum lugar, como sempre, fez sua entrada súbita na sala, e ao vê-lo naquele estado correu para consultar o caderno de telefones. Ligou para o nosso médico e contou o que estava se passando e, desligando em seguida, disse: "Vamos, mamãe, eu levo vocês para o hospital." "Hospital?", perguntei. Não obtive resposta. Tentei trocar de roupa, mas ela disse que não havia tempo. Saímos, acelerados. Dentro do carro, ela repetia: "Calma, mamãe..." Eu estava absolutamente aterrorizada, como costumo ficar nesses momentos. Nada na minha vida foi mais constante do que o medo. Desde menina. Vivo sob a sua proteção. Mas antes de tocarmos nesse assunto, falemos um pouco sobre Maria Inês.

Maria Inês vive para o trabalho. Nada a interessa tanto quanto a sua carreira. Realizou-se na profissão. Era o que ela desejava, tornar-se uma profissional competente, e alcançou o objetivo. Foi péssima aluna enquanto menina e, no entanto, quando resolveu estudar, não mediu esforços. Formou-se em comunicação, tendo feito também o mestrado e o doutorado; e atualmente trabalha como produtora numa grande firma. Enquanto eu abandonei tudo para me casar. Mas essa é outra história; comentarei adiante sobre a minha juventude. O importante é que Maria Inês não se desvirtuou do caminho que traçou para ela, é uma profissional qualificada, com um alto salário, dizem, porque nunca mais vi um centavo desde que me mudei para a sua casa. Ela faz questão de que eu não me preocupe, basta que eu peça para que ela providencie. Mas eu não vivo tão bem quanto vivia no tempo que tinha meu dinheirinho na mão... Até a pensão que Haroldo me deixou, Maria Inês faz questão de receber. Diz que hoje em dia ninguém mais vai a banco, que só os idosos saem para pagar contas, portanto, que a fila deles cresceu, então manda o boy do escritório buscar minha pensão. Ela não quer que eu me canse, deseja que eu permaneça em casa, atenta apenas ao funcionamento doméstico. E eu que não desejava ficar confinada num estreito programa, tenho achado a vida muito desinteressante. Tanta saudade do que passou... Até dos dias em que Haroldo não me dirigia a palavra, esquecido nele mesmo. Era um homem assim, só, e velho. Um sonhador sem nenhum destino.

Os dias seguiam iguais, tranqüilos e idênticos; eu corria os olhos pela casa com um profundo desânimo, como se o silêncio estivesse me levando. Minha vida jazia numa poltrona. A única coisa boa era o tempo disponível para leitura. Eu lia um romance atrás do outro. De resto, a vida era uma imensa monotonia, uma chatice inominável, não fosse a surpresa recente. Um clarão em meio à neblina. Um farol ao crespúsculo. Perco o ar só de pensar nisso. Mas vamos ao episódio. Estávamos numa festa de família, Maria Inês, recém-separada, farei mais adiante o relato da triste história do marido que ela perdeu, quando um jovem senhor chegou acompanhado de um casal. Até aí, nada de mais. A cena é simples. Um casal entrando em uma festa acompanhado de um senhor. Nada além. Pois bem, bastou um olhar de relance para o tal senhor, para que eu fosse arremetida à região dos sonhos. Que estampa de homem! Não saberia dizer ao certo o que se passou. Me envergonha estar contando essas coisas. Mas aconteceu. Uma luz. Um facho. Uma fulguração. Que não mais cessou de expandir seus raios cintilantes. Passei a ter sonhos turbulentos com o homem que eu havia visto apenas uma vez. Uma única vez. Que mãos as dele... que braços rijos, e a voz que trovejava ao longe, como se estivéssemos em meio a vales... Sequer tínhamos sido apresentados, mas eu soube seu nome. Viúvo recente, obtive também essa informação. Como entendo o abandono, a tristeza, o infortúnio... Poderíamos conversar horas seguidas. Consegui, depois de discreta apuração, seu telefone. Mas o que se passava comigo?

Não sei se seria melhor entrar em detalhes sobre o desastre que foi o casamento de Maria Inês, ou lançar a esperança de um novo enlace para mim. Vamos à novidade. A verdade é que o tal homem mal me viu, aliás, ele parecia distante, envolto certamente pelas brumas do passado, ouvindo vozes, relembrando cenas, que é o que comumente acontece. Fiz vários movimentos oculares em vão. Mas fiquei feliz em me sentir totalmente fora do prumo. Lembro com nitidez dessa experiência devastadora. Só um homem até então me confundira tanto assim. E não fora Haroldo, que me propiciara uma relação plácida, destituída de embates. Haroldo não me inquietava, pelo contrário, era um poderoso relaxante. É bom também viver assim. Na época do nosso casamento, eu tinha amigas que tangenciavam o abismo, desesperadas, enquanto eu vivia num remanso. No final então, em águas inteiramente estagnadas. Trocávamos dores, Haroldo e eu, dia e noite. Ele se queixava dos polegares (que tanta dor sentia naqueles dedos...), dizia que não podia fazer mais nada com eles, e eu, bem, meu corpo é um atropelo.

— O que está fazendo aí, mamãe?

— Estou no quarto, Maria Inês.

— Fazendo o quê?

— Pensando.

— Em quê?

— Em que poderia ter sido mais feliz.

Quando respondo desse jeito, ela se cala. Bom que seja assim.

Antes de me deitar, porque não iria dormir mesmo, ouvi o telefone tocar. Pensei que fosse para Maria Inês, porque quase todos os telefonemas são para ela, mas era Estela, minha madrinha de 80 anos. Que sofre também, mas sofre com raiva. E volta e meia briga com as pessoas; felizmente tenho sido poupada. Estela gosta de jogar, e vive no bingo. Um dia fez uma confusão tão grande numa dessas casas, que precisou ser contida pelos seguranças. Contou, num dos telefonemas. Mas hoje telefonava porque chegara à conclusão de que o aquecimento global era um fato. E ela fizera pouco dele. No entanto, havia sido testemunha do fenômeno, em seu próprio quarto, e em seu próprio corpo. Todas as noites, antes de dormir, vinha saindo um ar quente de suas narinas. E ela estava me alertando para o problema. Nunca eu sentira coisa igual?

Haroldo costumava dizer que cada um de nós tem seu ponto de loucura, que uma vez acionado, dispara. E não há o que possa contê-lo. O da falecida mãe dele era ao ouvir o nome *Odette,* ele contava. Haroldo era um bom observador, e fazia observações curiosas. Eu apreciava isso nele.

No dia seguinte, logo que vi Maria Inês, contei o que a madrinha me havia dito, ela então disse que não tinha paciência para síndrome de dragão. E bateu a porta. Maria Inês não acha graça em coisa alguma!

Quase esqueço de contar que tenho outro filho. Meu querido Vitor, tão malcasado. Vitor foi filho único durante alguns anos, até a chegada de Maria Inês. Mas, de certa forma, é como se não o tivesse, porque não o vejo. Minha nora tem ciúmes das amigas de Maria Inês. Acha que nossa casa é um bordel! Parece ter feito uso desta expressão. Nem sei se devia estar contando essas coisas, afinal, são assuntos que dizem respeito à nossa família. Bem, mas o fato é que ela proíbe meu filho de vir aqui, e ele, por sua vez, não quer se incompatibilizar com a mulher (Maria Inês acha que ele tem medo dela!), portanto não aparece. Telma cisma com todo mundo, até com as empregadas. Um dia implicou com a nossa diarista. Logo com ela, que, além de ser crente, tem um noivo do tamanho da porta de serviço... Mas Vitor, depois de se casar com Telma, passou a desprezar toda e qualquer mulher. É como se não existissem. Diante disso tudo, raramente vejo meus netos. Queria tanto que Maria Inês tivesse um filho... Poder amar de novo uma criança seria a minha salvação. Um sossego, o retorno ao infantil. Os pensamentos me levariam para um outro lado; o do carinho, da meiguice, da pureza. De volta à mansidão dos afetos. Mas Maria Inês não quer nem ouvir falar em criança. Só quando estiver próxima dos 40. Quarenta anos, Maria Inês? Se for o caso, diz ela. Perdi totalmente as esperanças.

Vitor, como Maria Inês, também está bem de vida, e dele eu também não vejo um tostão. De vez em quando Maria Inês se desentende com ele pelo telefone por minha causa. Diz que as coisas estão pesadas para ela, que a mãe também é dele etc. Depois de alguma discussão (rara entre eles), ela desliga dizendo que não dá para contar com o irmão. E tudo por causa daquela vândala.

— Vândala, Maria Inês?

— Hoje janto com o pessoal do trabalho — disse, virou as costas, e foi embora.

Como se algum dia ela comesse em casa. Almoça no trabalho e janta na rua. E não me responde. Todos os dias.

Barulho de carro sendo manobrado na garagem. Que Deus a acompanhe e a traga de volta, sã e salva. Quem me restaria caso minha filha faltasse? Teria eu a chance de uma nova união? Com Alencar? Pronto, soltei o nome do homem.

Pensei que fosse dormir logo, mas fiquei elucubrando — Haroldo gostava de usar essa palavra —, no jeito que daria para entrar em contato com aquele cidadão... Caso Maria Inês venha a tomar conhecimento do que está se passando comigo, dirá que fiquei senil. Constantemente me aplica testes para ver se ainda raciocino, atenta a qualquer deslize neurológico. Tenho-a decepcionado, felizmente. Outro dia até me espantei, porque, antes de sair, ela puxou conversa. Era a propósito da mãe de uma amiga dela. Uma mulher notável, segundo Maria Inês, grega. Onde a descobriu? Tomávamos café da manhã, e ela, já em pé ao lado da porta, como de costume, iniciou o discurso elegíaco a respeito da mãe da outra. Que senhora majestosa!, dizia. Uma rainha! Acho que Maria Inês se impressiona com os filmes a que assiste. Sabe a hora de falar, de se calar, e tudo ela faz majestaticamente!, dizia ela.

— Como se chama a senhora, Maria Inês?

— Matacata.

— Não é japonesa? — perguntei.

— Bom-dia, mamãe.

E assim saiu minha filha bem-sucedida.

Alencar. O que será que está acontecendo comigo? Estou muito preocupada. Teria alguma relação com a despedida final dos hormônios? Ou terá o ócio me levado ao despertar de um novo encantamento?

Mais tarde, a diarista já havia se despedido, e Maria Inês ainda devia se encontrar no trabalho; eu estava no quarto, com a porta trancada, ensaiando o telefonema.

— Você não me conhece, mas estivemos juntos...

— Com quem você está falando?...

Maria Inês já havia chegado?...

— Mas não há sossego, hein? — disse, abrindo a porta do quarto.

Encontrei-a parada, me olhando, com a mão na cintura.

— O que está acontecendo com você? — perguntou ela.

— Comigo nada. Por quê? Com você está acontecendo alguma coisa? — perguntei.

Aprendi essa técnica com Haroldo, de devolver a pergunta.

— Não sei, estou achando você muito esquisita...

— É a idade, Maria Inês, modifica muito as pessoas.

Precisava urgentemente contar a alguém sobre o que estava se passando comigo, temia não me conter, e acabar me confidenciando com Maria Inês. Seria um desastre. Ela tem uma escuta confusa no que diz respeito a mim. Só sei que depois daquele fulminante evento, minhas lembranças alçaram vôo. Rumo ao paraíso. O passado, do qual eu me alimentava cotidianamente — meu pão de cada dia — e ao qual eu recorria com afinco, esfumou-se. Esqueci até do Paulo. Até dele!

Capítulo 2

Telefonei para o trabalho de Maria Inês para pedir que, quando ela voltasse para casa, trouxesse uma garrafa de vinho *Carmenère*. Dizem que é a única uva que combate gorduras. Ela não gosta que eu a interrompa quando está trabalhando, mas às vezes é necessário. Maria Inês estranhou o pedido, porque raramente bebo, mas eu disse que teria visita, e minha amiga gostava de vinho, além de ser cardioprotetor e hepatoprotetor. Ela disse que não era necessário que eu me estendesse sobre as benesses do vinho; conhecia todas de cor. E estava muito ocupada. Tudo bem, minha filha, desculpe. Bom trabalho, eu disse, e desliguei.

De posse da promessa do vinho, liguei para Regina, uma grande amiga, dizendo que tinha algo importante a conversar, uma confidência a fazer. E que eu estava muito aflita, abalada mesmo, não sabia o que estava se passando comigo. Ela riu do outro lado. Regina e eu nos conhecemos há muitos anos, ela acompanhou a *débâcle* amorosa pela qual passei. E não foi com Haroldo, de quem só guardo gratas recordações. Um homem que não exigia nada de mim, um companheiro fiel, firme, sério, bom. Haroldo era um bom.

Mas o segundo motivo pelo qual eu desejava me abrir com Regina era pelo fato de ela ser experiente com homens. Ela diz que nunca sofreu por causa de nenhum deles, que os homens nunca estiveram em suas depressões, e eu acredito. Com a idade que está, Regina ainda se envolve bastante. Tornou-se especialista em homens casados, segundo diz. É o que há de bom, também diz. E eles ainda ficam gratos porque se sentem revigorados na relação com as próprias mulheres. Algo que faz bem a todos. Devia ser mais praticado. Se bem que ela conta que é o que mais rola por aí. Além de ter feito plástica, Regina procura estar sempre atualizada com os termos da moda. Aliás, vale a pena comentar por que Regina fez plástica. Ela conta que foi a um cirurgião plástico para esclarecer certas dúvidas. Lá chegando, o médico tirou uma fotografia dela. Quando ela se viu, achou que parecia uma cachorra velha. E marcou a cirurgia. Regina era, sem dúvida, a pessoa certa para me ouvir sobre o assunto que me desgovernara: a transtornadora visão do viúvo Alencar.

Desde então, eu só pensava nele. Tinha-o visto bem, até porque ele se movimentara vagaroso pelo salão — de camisa social branca, as mangas dobradas acima do cotovelo, calça bege, e sapato marrom-escuro, provavelmente de cromo alemão — cumprimentando a uns e a outros. Mas, infelizmente, não chegara a minha vez, porque, justo na hora em que ele se encaminhava na minha direção, Maria Inês levantou-se pálida, dizendo para irmos embora. Pra mim, chega!, disse, e jogou o cabelão pra trás. Maria Inês não corta o cabelo há vários anos. E não diz qual o motivo. Sempre me desconcertam os imprevistos dela... Saímos às pressas, eu com os pés para todos os lados, porque ela corria. Lá fora, Maria Inês comentou que havia visto "aquela senhora". Devia estar se referindo à atual namorada de seu ex-marido, Conrado. E foi muda dentro do carro até chegarmos em casa. Vez ou outra, ela socava o volante. Mas essa é outra história, a terrível infelicidade do breve casamento de Maria Inês. Conrado era um rapaz como poucos! E que belo moço!

Depois de contar tudo a Regina, em detalhes que aqui não vou reproduzir — não é necessário que ninguém tome conhecimento das longas noites de suores e abafamentos pelas quais passei —, ela perguntou o que eu estava esperando.

— Como, esperando?

— O que você está esperando? — repetiu ela.

— Não sei...

— Já não está com o telefone dele?

— Sim, mas não sei o que dizer...

— Diz qualquer coisa... não é pra se divertir?

— Me divertir?

— Qual seria a opção? — Ela riu.

Regina já havia consumido quase toda a garrafa de vinho. Eu havia tomado apenas meia taça.

— Acho que você não entendeu. Não existe nada, Regina. Apenas o vi, e não tive mais sossego. Apenas isso. E olha a minha idade...

— Bom, se é assim, então vamos chorar.

— Não tem tanto tempo que Haroldo morreu.

— Choremos mais ainda.

— Então o que devo fazer?

— Ligar para ele.

— E dizer o quê?...

— Que é sua contraparente, que seu gato está morrendo, que você está desesperada, e que soube que ele é veterinário, se ele não podia vir à sua casa correndo para salvá-lo...

Regina é divertida, e tem quase dez anos menos do que eu. Faz diferença. Além do mais já estava um pouco alta, dava para notar pelos seus gestos exagerados. Aproveitou e contou que começara uma história nova. Vive imaginando histórias. E queria que eu a escutasse.

— Começa assim — disse ela: — "minhas primas eram dois belos rapazes: gêmeos!" Que tal? — perguntou, rindo, querendo saber se não havia mais bebida na casa.

Um dia ela me contara que gostava de beber porque quando criança adorava rodar e ficar tonta. Achava que a coisa tinha vindo daí. Regina é uma mulher assim, alegre. Foi bom ter conversado com ela, apesar de a conversa não ter me acrescentado. Somos mulheres muito diferentes, embora sejamos amigas. Ela saiu me desejando boa sorte, e dizendo que qualquer novidade eu ligasse para ela.

— Me venha com fatos, ouviu bem? Falta ação! — E me abraçou forte.

Tinha começado a ventar. Sempre que soprava um arzinho, as cortinas voavam. Elas são bonitas e emprestam leveza à sala, embora Maria Inês preferisse persianas, mas cedeu na hora da escolha. É uma boa filha. Vento me lembrava uma empregada que trabalhava na minha casa quando eu era pequena. Ela achava que qualquer manifestação da natureza era um aviso, que estávamos cercadas por espíritos — vento, então, era uma catástrofe! —, e começava a rezar. Ajoelhava-se onde estivesse. E aí ficávamos as duas com medo. Um dia mamãe mandou a Geralda embora — lembrei do nome dela! —, porque tinha visto papai contando segredo no ouvido dela.

Ajeitava ainda as cortinas, quando escutei a campainha. A empregada não a teria escutado também? Ou estava no banheiro? Fui abrir a porta para uma moça que disse que Maria Inês a mandara. Ela estava parada, com uma valise na mão e um sorriso no qual faiscava um dente de ouro.

— Para que minha filha a mandou? — perguntei.

— Estou procurando trabalho como acompanhante — disse ela. — Posso entrar?

Hesitei segundos antes de responder, depois me afastei apontando uma cadeira, e pedi que ela se sentasse enquanto eu daria um telefonema. Fui até a cozinha e avisei à diarista da presença de uma estranha na sala.

Do quarto, telefonei para Maria Inês:

— Por que você mandou essa moça aqui?... O que aconteceu com você? Pode me dizer? Caí sim, num bueiro com tampa inclinada, onde qualquer um cairia... E venha já até aqui resolver o problema que você criou!

Desliguei o telefone, voltei à sala e disse à moça para que ela aguardasse. Minha filha viria conversar com ela. Muito desagradável o que Maria Inês tinha feito, sem me consultar...

A moça sentou-se na poltrona e, vez por outra, me olhava. Eu estava lendo um livro, tentando me concentrar na leitura, mas a presença dela me incomodava. Me levantei para lhe oferecer uma revista, que ela aceitou. E nada de Maria Inês chegar.

O telefone tocou, fui atendê-lo. Era minha madrinha, perguntando se eu podia falar. Ela disse que era rápido. Achava que tinha sido acometida de uma concussão cerebral. Estela acha que vai morrer todos os dias.

— Fui pegar a escova de cabelo que caiu debaixo da cama, e quando retornei, além da cara roxa, me deu uma dor sinfônica na cabeça — disse ela.

Quando moça, Estela havia estudado música. Disse que ela ligasse para o médico. Enquanto falava ao telefone, a tal Jandira fingia ler a revista, mas estava atenta ao que eu dizia.

— Faço questão que você saiba tudo que acontece comigo, não tenho mais ninguém, você sabe... — continuava ela.

A mãe de Estela, que fazia companhia a ela, tinha morrido com quase 100 anos, e era uma pessoa muito alegre. Foi para o asilo justamente por causa dessa alegria, excessiva. Internam as pessoas até por esse motivo...

Maria Inês abriu a porta. Que demora pra chegar em casa!

Assim que nos entreolhamos, disse para ela que agradecesse à moça, e a liberasse.

— Você não entendeu, mamãe...

Quando eu não concordo com Maria Inês, ela diz que eu não entendi. É tão irritante isso...

— Mamãe, eu conheci a Jandira na casa de uma colega, e ela estava procurando trabalho, então eu dei nosso endereço e disse que ela viesse conversar com você. Não para trabalhar aqui, mas você podia conhecer alguém, uma de suas amigas podia estar precisando... Não foi? — perguntou, dirigindo-se à moça, que balançou a cabeça.

— Sem me avisar?

— Eu ia avisar...

— Mas não avisou.

Tão desagradável estar tendo essa conversa na frente de uma pessoa que eu não conhecia...

Assim que ela foi embora, perguntei a Maria Inês o que se passara na cabeça dela para que tomasse tal atitude. E sem o meu consentimento! Por que motivo havia criado uma situação daquelas? Tão constrangedora... Ela alegou estar preocupada comigo. E voltou a falar na queda.

— Mas isso foi há dois anos!...

— Além disso, você vai fazer 60 anos.

— E daí? O que tem fazer 60 anos? Diga! Não sabe que hoje são os antigos 40? Está desatualizada, Maria Inês...

— Você já não é mais a mesma.

— Evidentemente. Estranho seria se fosse... E você inventou de falar nas minhas amigas na hora, não foi? Que traição, hein?... Espero que uma filha sua, caso tenha a chance de nascer, não venha a fazer uma coisa dessas...

Estranhei tanto a atitude de Maria Inês... tanto... O que ainda estaria por vir?

No dia seguinte, assim que ela saísse para o trabalho — para evitar vigilâncias —, eu iria dar uma passada na casa do Vitor. Havia muito tempo não o via, nem ele nem os meninos, que não devem mais reconhecer a avó. Telma tem o temperamento difícil, não sei como Vitor a agüenta. Mas ele sempre foi muito bom. E ela aproveita.

No dia seguinte, já na casa de meu filho, enquanto nos cumprimentávamos, Telma apareceu, me deu dois beijinhos, dizendo que não podia fazer sala porque estava atrasada para o trabalho.

— Está gostando do novo trabalho? — perguntei.

— Odiando, mas seu filho só dá dinheiro para as despesas da casa... e eu me visto com o quê, guardanapo?

Vitor sorriu sem graça.

Nesse momento, retirei da bolsa um pacote de bombons, que havia comprado para os meninos.

— Se é para as crianças, dona Maria, sinto muito, mas eles não comem mais balas, bombons, nada doce. E agora, com licença que eu vou correr... Vitor já deve ter avisado que os meninos ainda estão dormindo.

— É, mamãe, as crianças foram deitar tarde ontem à noite porque foi aniversário do avô.

Festa em família e não nos convidam, a mim e a Maria Inês.

— Não tem problema, fica pra outro dia, meu filho.

Vitor estava mais magro, e com uma fisionomia triste. Abatido mesmo. Deve estar adoentado. Quanta coisa deve preocupá-lo!

— Senta, mãe. Tudo bem?

— Sem novidades. Ontem tive uma pequena altercação com sua irmã, mas já passou.

— O que aconteceu?

— Me arranjou uma acompanhante. Uma mulher de 60 anos com uma acompanhante; você já viu disso?... Não sei o que aconteceu com Maria Inês, sinceramente...

Vitor sorriu, torcendo a cabeça, assim como fazem os cachorros, mas nada disse. Haroldo era quem gostava de fazer comparação com os bichos.

— Trabalhando muito, meu filho?

— O de sempre.

— E os meninos, como estão?

— Ótimos.

— Quando vocês vão aparecer lá em casa? Domingo é Dia das Mães.

— Eu sei, já tinha pensado em ir até lá com os meninos, Telma vai almoçar com a mãe dela.

— Então venham almoçar comigo, você e as crianças. Podemos pedir alguma coisa em casa, os restaurantes ficam tão cheios nesse dia...

— Tudo bem. Agora eu vou ter que correr, tenho reunião dentro de uma hora...

— Eu já estou indo, era só uma passada mesmo. Quer ficar com as balas pra você, meu filho?

— Obrigado, leva pra senhora.

— Você está tão magro, Vitor...

Ele ficou me olhando, em silêncio.

— Uma sombra do que foi.

Ele sorriu. Péssimo, e rindo.

— Então até domingo — disse —, espero vocês; se Telma mudar de idéia, diga que vá também. Um beijo, filho.

Vitor se inclinou para me beijar. É tão alto meu filho, não sei a quem puxou; o pai tinha estatura normal, e eu também não sou alta.

— Tchau, mãe. Vou dizer para os meninos que a senhora esteve aqui. Deixa eu levá-la até lá fora.

Meus filhos são maravilhosos, mas não dão sorte! Quer dizer, Maria Inês até deu, pena o abrupto desenlace!

Capítulo 3

— Longe de mim te aborrecer, Haroldo, sei que você está lendo seu jornal, mas Vitor não vai ser feliz, algo me diz que esse casamento não vai dar certo... você já viu o olhar da moça? Hein, Haroldo? É impressionante.

Quando nos conhecemos, Haroldo e eu, eu já tinha casado, me separado, e era mãe de dois filhos. Lembro que, quando contei para ele sobre as crianças, Haroldo achou ótimo encontrar tudo pronto. E eu fiquei feliz em conhecer um homem tranqüilo. Além de ele ser bem mais velho do que eu. Até então eu estava inteiramente só com as crianças, porque meus pais, que eram estrangeiros, já haviam morrido, e eu não tive acesso aos poucos familiares que ficaram na Europa. Quando não se tem a quem recorrer, e se tem filhos pequenos, a vida pode ser assustadora. Foi nesse vácuo que Haroldo surgiu. Lembro de um dia, antes da chegada dele na nossa vida, que acordei com um ruído estranho. Eu vivia exausta; tanto, que não podia passar em frente a lojas que tivessem cama na vitrine.

Tinha vontade de entrar e pedir para me deitar. Mas nessa noite que eu estava contando, pulei da cama e fui direto ver Maria Inês. Ela tinha por volta de 10 meses e já ficava em pé no berço. Encontrei-a dependurada — a fita do casaquinho dela amarrada rente ao pescoço se enroscara no mosquiteiro — com as mãozinhas no ar, arroxeada. Arranquei-a dali, e me abracei com ela chorando nem sei durante quanto tempo. Desesperada. Vitor se remexia na cama. Meu pobre homenzinho!

Haroldo conheceu meus filhos pequenos, se bem que Vitor já era crescidinho, mas Maria Inês ainda era um bebê. Paulo me deixou rodeada de choro, sem saber o que fazer, e por onde começar. Mas como eu o amei! Uma loucura para a vida toda. Paulo, o sol que quase nos devastou. Saímos vivos, felizmente.

— Ouviu o que eu disse, Haroldo?

— Casamento não dá certo — disse ele.

— Você ouviu o que eu falei, Haroldo?

— Claramente.

— Que história é essa de casamento não dá certo? E nós?

— Deixa eu acabar de ler isso aqui, já converso com você...

Estava distraída, quando escutei a chave girar na fechadura. Era minha filha, coitada, devia estar cansada de tanto trabalhar... Ela entrou e, ao ficar de costas para a porta, dobrou o joelho e a empurrou com a sola do pé. Maria Inês tem modos esquisitos, Haroldo dizia que ela tinha assistido a muitos filmes de faroeste. É possível, eu não ficava controlando o que as crianças viam pela televisão. Tinha as traduções para fazer. E era dia e noite trabalhando. Passei a vida debruçada sobre textos para traduzir. Aprendi outros idiomas, sozinha, porque o alemão falávamos em casa. Foi minha língua materna. Além disso, meu pai fazia assinatura de revistas estrangeiras, que eu lia. E assim aprendi outras línguas. As pessoas se espantavam quando descobriam que eu não havia feito nenhum curso, mas tudo que eu lia, gravava, sem esforço. Agora estava aposentada, a vista cansara e também os olhos haviam diminuído. Curiosa a diminuição dos olhos. Quando menina, papai dizia que eu tinha duas esmeraldas. Foram-se as jóias, meu pai.

Maria Inês passou direto por mim, e apesar de eu chamá-la, continuou andando em direção ao quarto. Fui atrás dela.

— O que aconteceu, minha filha?

— Nada.

— Como nada?

— Não quero falar agora.

— Está com dor de cabeça?

— Também.

Maria Inês sofre de enxaqueca.

— Está bem, quando quiser, estou na sala.

Eu havia combinado de sair com Alice, outra amiga, também do tempo do Paulo. Do tempestuoso tempo do casamento. Estou me queixando tanto... Acho desagradável falar mal de ex-marido, até porque passamos momentos felizes juntos. Mas às vezes é inevitável. Paulo e o marido de Alice eram amigos antes de nos conhecerem. Depois, ficamos muito unidos. Nos freqüentamos durante todo o período em que fomos casados. Quando os casamentos se desfizeram, Alice e eu continuamos a amizade. Ela recasou com um piloto, mais moço do que ela. Alice não teve filhos, e ele tinha uma filha com uma aeromoça, a quem Alice não poupava com seu ciúme. Eu já estava sozinha, quando volta e meia ela aparecia lá em casa. Na saída, quase sempre ela estava em lágrimas, porque achava que o piloto e a aeromoça continuavam a se encontrar. A coisa ainda está no ar, dizia ela.

Hoje sairíamos as duas, para comprar um presente de casamento para a filha de uma amiga nossa. Ao me telefonar, Alice disse, sussurrando, que estava acontecendo uma coisa estranha com ela. Eu não podia dizer que acontecia comigo algo semelhante. Estou contando tudo meio apressada por causa de Maria Inês, não sei o que está se passando com ela. Não queria sair sem antes saber o que tinha acontecido. Exigem muito dela, no trabalho. E Maria Inês estava custando a aparecer na sala. Dentro de pouco tempo Alice telefonaria. Achei melhor ir atrás de minha filha. Já estava me levantando, quando a vi entrar.

— E aí?

— Estou de saco cheio de homem! — disse, de punhos cerrados, socando o ar.

Antes eu também estivesse, pensei.

— E por que tanta raiva dos homens?

— Conrado telefonou. Sabe o que o seu querido genro queria? — Agora ela tinha as mãos na cintura. — Hein, sabe?... Perguntar se aquele seu apartamento ainda está para alugar!

— E você esperava outra atitude da parte dele.

— Que se foda! — disse, e foi em direção à cozinha.

— Não fale assim, Maria Inês.

— Em que mundo você vive? — Ela voltou-se da porta.

— No da boa educação.

— Ai, meu saco!

— Vai insistir, Maria Inês? — disse, e ela já tinha desaparecido dentro da cozinha.

Mesmo sabendo que hoje em dia a regra é essa, de se dizer qualquer coisa em qualquer lugar, e para qualquer pessoa, e que Maria Inês deixou de ser criança há muito tempo, sempre a censurarei quando o palavreado for esse. Chulo. Tinha que enfrentá-la. Além do mais não havia quem o fizesse.

— Mas e o apartamento? É para o Conrado morar? — perguntei, assim que ela reapareceu.

— Não, ele está num apart, e não quer sair de lá. Deve ser perto da casa da velha... — respondeu, pondo um dos joelhos sobre o braço da poltrona.

— Olha aí, minha filha, está amarrotando o paninho... — Ela retirou o joelho. — Mas diz, para que ele quer o apartamento?

— Para a filha de um tio. Estavam lá naquela festa.

— Que festa?

— Naquela que deu merda... Merda tudo bem, não é, dona Maria? — disse, já dando as costas.

— Como é o nome do tio? — perguntei, antes que ela sumisse.

— E eu sei! — gritou do corredor.

Me levantei para ir atrás dela.

— E o que você disse pra ele?

— Nada. Bati o telefone. Tá pensando o quê?... que trabalho em corretagem? — Continuou andando, e eu também.

— Seria bom alugarmos o apartamento, Maria Inês. É mais um dinheirinho...

— Pára de andar atrás de mim, mamãe!

Voltei para a sala.

Alencar. Será ele o tio? Porventura nosso conhecimento será bafejado pela sorte? Obedecerá a um curso normal? Não será necessário me expor ao ridículo do telefonema?... Quando eu era moça, e já sozinha com as crianças, andei consultando cartomantes. Todas diziam o mesmo: que, no futuro, meus caminhos se abririam. Mas não terá minha quota se extinguido na relação com Haroldo?

Maria Inês tornou a aparecer com o telefone sem fio na mão, dizendo que era a chata da Alice, reclamando que eu não atendia o celular, e que estava cansada de deixar recado. Tinha ligado para o número dela, Maria Inês. E antes que ela me entregasse o aparelho, disse que eu não desse mais o telefone dela para ninguém. É particular!, quase gritou. Me assusto tanto com grito... Mas Maria Inês é filha de Paulo, um homem inteiramente imprevisível. Quase adoeci na época do nosso casamento. Mas não posso esquecer que Alice já teve um enfarte. E é mais velha do que eu. Preciso me apressar.

Já estávamos numa casa de chá, Alice e eu, depois de termos comprado o presente de casamento, e ela se atrapalhava com o jogo americano à sua frente, pensando se tratar do cardápio.

— Deixa que eu leio pra você, Alice.

Ela estava muito descontrolada. Além disso, enxergava pouco. Depois de fazermos o pedido, ela, uma taça de vinho branco e eu, um chá de jasmim, Alice disse que talvez eu não acreditasse no que ela tinha para contar, poucos acreditariam, mas se apaixonara pelo marido. Fez então uma pausa e me olhou, amassando o guardanapo que tinha nas mãos. Não sabia o que Alice esperava que eu dissesse. Olhei de volta para ela. Um minuto depois, ela disse:

— Depois de tanto tempo casada, veja o que me acontece! Não sei o que foi isso... E não há segurança, você sabe, os maridos podem nos deixar a qualquer momento... — E ela isolou no tampo de madeira da mesa, espremendo os olhos, na tentativa de me focar.

Alice não gostava de beber, devia mesmo estar muito desesperada.

— Um momento, meu celular está tocando... — disse. — Deve ser Maria Inês... Alô! Sim, viemos comprar o tal presente de casamento. Hein? Como? Escutei, claro. Ah, é? Está bem. Daqui a pouco estarei em casa. Um beijo.

Conrado voltou a telefonar para Maria Inês, interessado no apartamento. Ela já está com o telefone do tio dele. E Maria Inês quer que a tirem dessa história. Qual história? Era para eu ligar para Alencar. Para o Alencar? A casa de chá girou numa profusão de cores. Os japoneses pareciam malabaristas num circo. Ou será labirintite? Esqueci de Alice, que sacudia meu braço, tentando abrir mais os olhos. Tinha o péssimo hábito de sacudir as pessoas enquanto falava.

— Desculpe, mas tive que atender Maria Inês... E aí, Alice?

— Sempre gostei do meu marido, mas faz algum tempo não sei o que aconteceu, não atino mesmo com o que pode ter acontecido para que eu tenha me apaixonado. E justo por ele. Só havia gostado assim do meu cachorro.

Alice já tinha tomado três taças de vinho, seria melhor abreviar o encontro, porque dali pra frente ela iria, no mínimo, se repetir. Ela continuava:

— Sonho com ele e, como você deve imaginar, durmo ao seu lado na cama. Não sei mais o que fazer para que ele não perceba, se bem que Vicente anda bastante desconfiado... Só mesmo com você eu poderia estar conversando, desabafando desse jeito... É um torvelinho bárbaro. — Sorriu do que disse.

Sorri também. Pensando no que Maria Inês havia dito.

E na primeira chance que eu tive, disse que precisavam de mim em casa, continuaríamos a conversa num outro dia. Nos despedimos, ela se dizendo mais leve, embora eu nada tenha acrescentado à sua história. O tal ponto de loucura de que Haroldo tanto falava.

Pela janela do táxi, as coisas brilhavam na rua. Até as latas de lixo faiscavam. Um brilho rápido e intenso.

Eu não gostava de ser filha única — mas também não sei como seria se tivesse irmãos — e, além disso, foi difícil ter pais estrangeiros, que só se relacionavam com as pessoas da colônia. Quantas tias, todas tortas, e nenhuma verdadeira. Quando eu perguntava ao meu pai onde estava o resto da família, ele dizia que estavam todos "no Alemanha." E eu achava que eles passavam frio e fome na *Schwarzwald*. Sonhei várias vezes com primos chegando em nossa casa. Todos da minha idade. Para se chegar onde morávamos era preciso subir uma ladeira, emparedada de muro de pedra até o alto dela, onde ficava a casa. A pé. As crianças do meu sonho corriam ladeira acima, brincando, chamando pelo meu nome. E no alto dela, meu pai dizia: *Wer kommt denn da!*, saudando a todos. Um dia, uma delas era a minha mãe, pequena, equilibrando um riozinho nas mãos, que me trouxera de presente. Fiquei tão contente de ver mamãe feliz! Talvez houvesse um corrimão, num dos lados da subida... não lembro. Lembro do terreno que havia atrás da casa. Também ele em ladeira. Cheio de mangueiras. Quando era época, tropeçávamos em mangas. E mamãe dizia: "Cata, Maria, cata, para ninguém cair." Ela era muito cuidadosa conosco e com a casa. Com o pouco que tinha. Quando chovia, era tão longa a ladeira, que mesmo com guarda-chuva aberto, chegávamos ao alto molhados. Que eu me lembre, só tivemos uma empregada; depois que ela foi embora, mamãe passou a fazer todo o serviço da casa; quando eu cresci, a ajudava. Durante todos esses anos mamãe nunca reclamou da vida que levava. Às vezes, ela sentava ao lado da máquina de lavar, de avental, com a cabeça apoiada na mão, e os pés virados para dentro — num avarandado da casa, onde havia uma parede de xaxins com orquídeas, que ela plantara —, enxugando lágrimas. Quando eu perguntava por que ela estava chorando, mamãe dizia que era alérgica ao cheiro da cera. Falava sem sotaque e sem alegria, nunca a escutei dar uma risada. Papai, quando falava em português, dizia que ela era "boa mulher". E a mim chamava de "prrincezinha do papai". Vivíamos trancadas, as duas, porque ele dizia que "a gente lá fora era um perriga! Só tinha bandidao!"

Éramos duas Rapunzel, minha mãe e eu, e como se perdia o nosso príncipe! Meu pai teve muitas mulheres, mas nunca nos deixou. Já não se fazem pais como antigamente.

Capítulo 4

— Toma, não era o que você queria? Está precisando de dinheiro, não é, mamãe?... — disse Maria Inês, me entregando um cartão, que imediatamente pus dentro da bolsa.

— Por que a pressa em guardar? — perguntou ela.

Não soube o que responder.

— Está muito acelerada, hein, dona Maria?...

Estaria Maria Inês percebendo minhas intenções? Imagina se ela viesse a saber... Vitor não estaria de acordo, mas quem manda em mim é ela. Maria Inês diz que todo mundo tem dono. Menos o vira-lata do ex-marido dela, que é um vadio. Chamando assim aquele rapaz tão fino e bem-educado... Que final teve o casamento de Maria Inês!

Enquanto ela não saía de perto, fui escutar os recados. Minha secretária estava piscando, a de Maria Inês ficava no quarto dela. Escutei a voz de Estela, fanhosa, dizendo que assim que eu pudesse, ligasse para ela; em seguida entrou a rouquidão de Regina, dizendo apenas que havia ligado; depois a voz maquinal de uma vendedora, anunciando a nova coleção da loja e, de repente, escutei Lucila, que havia tanto tempo eu não ouvia... nos convidando para a festa de quarenta anos de casamento. Maria Inês estava incluída no convite. Havia ainda duas outras ligações, que não deixaram recado. Não sei por que, mas achei que escutaria a voz de Vitor. Tenho sentido tanta saudade do meu filho...

Um dia, em que já estávamos sozinhos e fomos à praia, os três, Maria Inês no meu colo, e mais a sacola com os brinquedos dela, e Vitor carregando a barraca, eu tentava conversar com ele, mas Vitor só via o mar pela frente. Nem precisei mandar que ele segurasse na minha saída de praia, para atravessarmos a rua; ele já estava habituado. E apressado para mergulhar, conhecia aquele olhinho brilhando... Mal chegamos, Maria Inês quis ir para a água. Mandei que ela desse a mão ao irmão, e disse ao Vitor para que não saíssem da beira do mar. "Está bem", respondeu, compenetrado. E lá foram os dois, andando devagarinho. Maria Inês era mínima, perto do irmão. Sempre que Vitor a acompanhava, andava devagar; quando sozinho, adorava correr. Olhei para o alto para ver onde estava o sol, escolhendo o lugar para fincar o pau da barraca. Assim que comecei a fazer o buraco na areia — de olho nos meus filhos —, vi Maria Inês se agachar na água e desaparecer. Fui como que catapultada até onde eles estavam, afundando em seguida ao lado do Vitor, e alcancei o corpinho de Maria Inês, trazendo-a à tona. Trôpega, com minha filha nos braços, engasgada, chorando e babando, caminhei ofegante, de volta à areia. A meu lado, meu filho, com um olhar interminável, a quem eu disse que voltaríamos para casa.

— Por quê, mamãe? — perguntou ele.

Era pequeno, o meu menino.

A janela da sala estava batendo, e a moça não escutava, devia estar ouvindo o rádio dela... A rua estava vazia, à tarde ninguém passava por ela, ficava entregue aos passarinhos. Chegara a hora de ligar para Alencar. Como eu o chamaria: senhor Alencar, doutor, ou seu Alencar? Seu é horrível... Diria apenas o nome dele, pronto. Havia tanto tempo eu não experimentava esse frisson... Disquei.

— Alô! — Atenderam rápido! — Eu queria falar com Alencar. Não está? Ah, sim. É... Maria, mãe de Maria Inês, ex-sogra de Conrado, sobrinho dele. Eu volto a ligar depois. Hein? Está bem. Pode anotar.

Não estava. Só me restava aguardar. Será que a moça havia anotado direito o telefone? Por que ele não tinha uma secretária eletrônica? Onde será que mora o Alencar? Será que é numa cobertura? Tem todo o jeito de habitar o topo. Enquanto aguardava o telefonema dele, resolvi dar uma olhada geral na casa. Ver se estava tudo em ordem. Havia muito tempo andava largada, e a empregada relaxava, claro. Maria Inês sempre deixando a toalha molhada sobre a cama... mas não vou entrar no quarto dela, ela não gosta. A moça tinha passado água no chão da sala? Já disse que não se põe água em taco... As samambaias estavam precisando de uma poda, mas hoje não haveria tempo para elas. E o telefone estava fora do gancho. Quem o teria deixado assim? Já ia perguntar em voz alta quando me lembrei que tinha sido a última a usá-lo. Será que Alencar telefonara nesse meio-tempo?...

Enquanto continuava a aguardar o telefonema, decidi ligar para Estela pelo celular.

— Estou péssima... — disse ela, assim que atendeu.

A conversa seria longa, me ajeitei no sofá.

— Além do resfriado, como você pode ver, me apareceu uma alergia no lado esquerdo da coxa esquerda. Tudo do lado esquerdo. Reparou, não é? Chico ia gostar, lembra dele? Chico... dos anos sessenta...

Chico tinha sido um antigo caso dela — quando jovem —, um ativista político, que vivia sumido, mas, quando aparecia, Estela costumava dizer que era um encontro torrencial.

— Trata-se de um quadro alérgico, disse o último dermatologista a quem eu consultei. Um sujeito magro, pálido e com as veias das mãos salientes; as veias, não as mãos, felizmente! Porque ele era um horror! Os pontos alérgicos, fora o da coxa, são nas costas, num lugar incoçável. Diagnóstico: neurodermatite. Tudo que entra a palavra "neuro" é insolúvel, você sabe. Além disso, têm me ocorrido pequenos derrames, esparsos, quase sempre visíveis; quando acontecerem dentro do cérebro, adeus! E para terminar, se não estou me esquecendo de nada, a velha e caquética micose, companheira de tantas décadas. No dedão do pé esquerdo. O lado esquerdo continua firme, como você pode ver. E Chico sumiu para sempre. Deve ter morrido há décadas, atrás de uma montanha na Bolívia. E com você, tudo bem?

— Tudo bem.

— Pois é, levo tanto tempo me cuidando desde que levanto até ir dormir, que me sobram poucas horas no intervalo. Ficar velha é um horror! Por isso é que tantos morrem, não agüentam!

E até desligar, Estela enumerou não sei quantas doenças.

Ao chegar do trabalho, Maria Inês disse que meu cabelo estava todo amassado, de um dos lados.

— Estava no telefone com Estela até agora, e aí me recostei um pouco.

— Um pouco?

E Maria Inês disse que não sabia como eu agüentava "essas mulheres..." Ainda não descobrira que a amizade era o que restava. E o telefone mudo. Será que a moça tinha dado o recado? A diarista daqui de casa jamais deu recado algum. Nem sabe dizer se a voz é de mulher ou de homem. Por isso está proibida, por Maria Inês, de chegar perto do telefone. Que estava tocando... Que tocasse uma vez mais, senão ele ia pensar...

— Alô! Ah, já ia te ligar, Regina... Ouvi seu recado no celular. Tudo bem. Aquele assunto? Qual? Ah, sim, evoluindo a passos lentos, mas vamos conversar pessoalmente.

Nem me lembro em que pé estávamos... — Achei melhor não levar a conversa adiante, porque tinha escutado o ruído da cascavel. O barulho do gelo no copo. — Sem novidades. No momento estou um pouco ocupada, te ligo assim que puder. Está bem? Um beijo.

Regina ligava sempre que estava bebendo; o álcool a tornava mais amorosa. Era ótima amiga, quando não perdia a compostura. Pior seria perder a compostura sem a ingestão de álcool...

— Paulo, nós somos a sua família.

Eu estava de camisola, diante da porta do escritório dele, na nossa casa. Paulo sempre precisou de um canto só para ele. No pior momento que atravessei na vida, ele fazia a mala para nos deixar. A mim e às crianças, que, nessa hora, dormiam. Minhas lágrimas escorriam em direção à boca, tentando adoçá-la. Tornei a ver o infinito despenhadeiro da minha infância. O grande escuro que a rodeava, quando mamãe saía, e eu tinha medo de que ela não voltasse.

— Não vai embora, Paulo, por favor...

Tentei me abraçar a ele, mas Paulo se esquivou de mim, continuando a arrumar a mala.

— Nós te amamos, ouviu o que eu disse?

Ele me olhava com olhos frios; balançou a cabeça para mostrar que tinha escutado.

— Eu não sei viver sem você... o que vai ser de nós... de mim e das crianças?... Você foi o único homem que eu amei em toda a vida...

— Eu não gosto mais de mim! — disse ele, baixo, com os olhos fixos no interior da mala.

Fiquei tão atordoada com o que tinha escutado, que fui para o quarto e sentei na beira da nossa cama vazia; completamente aturdida. E a terrível noite ainda não se extinguira. Acordei no dia seguinte com as crianças em cima de mim. Vitor, assim que me viu de olhos abertos, perguntou pelo pai. Estranhei a pergunta, porque eu mesma ainda não realizara que Paulo nos deixara. Vitor deve ter tirado Maria Inês do berço, porque ela estava toda molhada. O quarto exalava xixi. Me levantei para trocar a roupa dela, meu filho veio atrás de mim, insistindo em saber do pai. Quando acabei de arrumar Maria Inês, chamei-o para que sentasse no meu colo e, olhando dentro dos pequenos olhos dele, disse que o pai tinha saído, mas que ia voltar, porque não se despedira dele. E nem da irmã. Vitor tentava amassar um carrinho com a mão, e começou a chorar. Em instantes seu corpo sacudia — tão indigno fazer um menino sofrer! Abracei meu filho. E um céu sombrio pairava sobre nós.

Eu estava no banheiro, lavando as mãos, quando o telefone voltou a tocar. Saí tão depressa, que levei um escorregão e quase caí...

— Deixa que eu atendo! — disse, antes que alguém pegasse o telefone.

E não havia ninguém na sala.

— Sim, Alencar, sou eu — disse, arfante. — Fui eu, sim. — Havia música de fundo, ou era dentro da minha cabeça? — Maria Inês me contou. Sim, o apartamento está disponível. Você não gosta de corretor... entendo. Posso mostrá-lo. É um quarto-e-sala espaçoso... com dependências completas e vaga na garagem. Para sua filha, sei... Acho que ela vai gostar... Quando você quer marcar? Para mim está bom por esses dias, mais pra frente devo viajar (inventei), no início da semana, está bem. Espero seu telefonema. Um abraço. Ora, de nada, imagina...

Em matéria de voz, foi a mais linda que escutei. No tocante à delicadeza, não faz par com ninguém. E em se tratando de educação, é um *gentleman!*

— Alencar! — disse, alto.

— Que é isso, mamãe? Continua falando sozinha?...

— O homem vai alugar o apartamento!

Tenho de ser rápida com Maria Inês.

— Já foi lá ver?

— Quando vir então...

Ainda tinha que ligar para Lucila. Faria isso amanhã. Precisava me organizar mentalmente para o encontro; afinal, o início da semana estava chegando. Tinha que pensar em tudo, qualquer falha e a esperança se perdia de vez. Exigência número um, estar bem-disposta, alegre e receptiva; três atitudes fundamentais. Era necessário também não perder de vista a observação, isso me custava, porque devaneio com facilidade. Precisava ficar atenta, até para fazer o próximo enlace. Para isso precisaria voltar a atenção, senão, adeus oportunidade! Poderia perguntar, de repente, se ele não gostava de jogar gamão. Introduzir algo dessa natureza. Não, não seria uma boa pergunta. Jogo poderia indicar frivolidade, não seria o caso. Não gostaria que ele tivesse uma impressão errônea a meu respeito. Bem, o dia já me exigiu muito. Afeto cansa, principalmente quando não há reciprocidade. Vamos ver o que me reserva o dia de amanhã. Sinto tanta volúpia ao deitar... Quando terei sossego?

Vitor. Ele chegou com as crianças e com flores para mim. Dia da Mães, e Maria Inês ainda não tinha aparecido? Fui até o quarto dela, para avisar que o irmão e os sobrinhos já estavam em casa. Maria Inês abriu a porta e me abraçou, e quando nos afastamos havia um presente para mim. Que filhos! Ela me deu uma *nécessaire*. Estava precisando. Já tinha com o que viajar. Meninos, como estou feliz, me deu vontade de dizer a eles, mas seria me precipitar. Não podia esquecer a mãe de Estela que foi parar no asilo por pura felicidade.

Os filhos de Vitor, meus netos, são bonitos, mas não tanto quanto o pai quando pequeno. Que depois virara um varapau magricela, mas continuava bonito. Tenho duas mesinhas na sala, em cuja parte de baixo ponho presentinhos para as crianças. Os dois passaram correndo por nós, em direção a elas.

— Telma não vem, meu filho? — perguntei a Vitor.

— Foi pra casa da mãe. E eu estou com a minha... — Ele me abraçou e me beijou.

Acho que com eles, filhos, fui feliz. Nesse dia, justo nele, Vitor me pediu para ver retratos do pai. Disse ter poucas fotos em casa. Acho que meu filho e eu nunca nos curamos do que aconteceu. Abri a gaveta das recordações. Lá estava Paulo, grande, alegre, jovem, abraçado comigo, e com Vitor no colo. Uma família. A nossa família, que ainda não estava completa sem a nossa menina. Desde aquela época não o vi mais; nem eu nem meus filhos. Tivemos algumas notícias de Paulo, esparsas, mas nenhum contato. Só em sonhos. Os meus. Esperei a vida toda pela volta dele, até mesmo depois de estar casada com Haroldo. Apesar de tranqüila ao lado dele, algo precioso se perdera. Como se minha alma tivesse ficado para trás. À solta. Desgovernada. Meu corpo não conseguia retê-la. Mas agora, passado tanto tempo, as coisas tinham mudado de rumo. Pressenti que me libertaria, ao me deparar com a figura de Alencar. Ele não é bonito, mas é como se o fosse. Vitor ficou algum tempo olhando para o pai, depois mostrou as fotos para os filhos, que olharam e, em seguida, voltaram aos brinquedos. Maria Inês passou ao largo das fotografias. O tempo — afastando afetos.

Capítulo 5

— Maria Inês, Lucila telefonou nos convidando para a festa de casamento dela.

— Quem?

— Minha amiga, Lucila... está fazendo quarenta anos de casada!

— Que horror.

— Pra você ver que as pessoas da minha geração eram bem mais tolerantes que vocês de hoje em dia, que por qualquer coisa...

— Sim, mamãe, já escutei. Não posso ir, tenho trabalho pra entregar.

— Você está embolando toda a franja do tapete...

Maria Inês revirou os olhos, mas consertou o que havia feito. Em seguida foi para a cozinha, voltando com um copo d'água. Ao reaparecer, eu disse:

— Bem, mas eu vou. Deve ser uma bela festa. E devo chegar tarde.

— Quando é? — perguntou ela.

— Sábado, sem ser esse, o próximo.

— E você já está pensando nisso...

— Gosto de fazer as coisas com antecedência.

Saiu de novo. Foi para o quarto.

— Está bem, minha filha. Bom trabalho.

Maria Inês não consegue sair da frente do computador. Basta dizer que já derramou água na mesa em que trabalha, e enquanto a diarista levantava o teclado para enxugá-lo, ela continuou a digitar, com ele suspenso. Até a moça se impressionou, para vir me contar. Eu podia estar equivocada, mas a impressão era que, dia após dia, Maria Inês se distanciava mais e mais de mim. Não me contava nada, não sabia nem se ela estava namorando... estava sempre correndo, e muito impaciente. Precisava chamá-la para uma conversa.

Essa diarista quando chega faz um barulho... deve ser para mostrar que já chegou. Vou até lá para que ela me veja. Ai, que dor nas costas na hora de me levantar... Sempre que eu sinto dor me lembro de Haroldo. Que escuta para dores alheias...

Conheci Haroldo na fila do supermercado que ficava perto da casa onde eu morava. Ele se ofereceu para carregar as minhas sacolas. Hesitei em entregá-las, mas ele insistiu. Haroldo tinha uma idade indefinida e não era feio nem bonito. O que chamava atenção nele era o cabelo, com um belo caimento. Mas logo depois ele ficou careca. Teremos sido os causadores? Espantoso como um homem perde todo o cabelo em tão pouco tempo. Esse fato o abalou no início, mas ele tinha um excelente temperamento, superava toda e qualquer adversidade. Bastava pensar como fora o decorrer de sua vida até então. Perdera a mãe recentemente, o pai já havia morrido, e seu único irmão era um desaparecido político. Havia procurado por ele esses anos todos, e nunca tivera notícia. Haroldo também tinha sido casado, mas o casamento se desfizera pouco depois, pela conduta estranha de sua mulher. Ela não conciliava o sono se não o visse deitado, virado para ela, de olhos abertos, e assim teria ele que permanecer, enquanto ela não adormecesse. Quando acontecia de ele cochilar, acordava com os gritos dela. Enfim, fora bastante infeliz e, no entanto, tinha esse temperamento. Maria Inês o chamava de tio careca. E Vitor e ele fizeram uma boa amizade. Foi uma sorte tê-lo encontrado, para mim e para as crianças. Estávamos sozinhos havia um longo tempo. Nesse ínterim, eu só fazia trabalhar: traduzia, cuidava da casa e das crianças. Mas tinha mantido as amizades. Salva por elas de uma solidão maior. Os meninos já haviam crescido, Vitor terminava o segundo grau e Maria Inês continuava perdendo ano. Eu não conseguia que ela estudasse, às voltas que estava com outras coisas e dançando no meio da casa. Desde menina punha o pé em cima dos móveis da sala. Sempre encarapitada. Não só seus pés viviam no ar, mas também a cabeça.

Apesar das tristes histórias pregressas, foi uma boa união a minha com Haroldo; calma, estável, sem sobressaltos, pena ele ter morrido tão cedo. Muita pena. Perde-se

51

sempre, de todas as maneiras. Já havíamos sofrido muito; principalmente Vitor e eu. Maria Inês era um bebê, quando Paulo nos abandonou. Era pequena e dizia que era viúva de pai. Sempre foi assim, uma menina diferente.

Quanta história na vida... De dor e de alegria. Teve o Paulo, para todo o sempre; depois eu encontrara Haroldo, que me proporcionara uma vida tranqüila, e agora, quem sabe, eu seria agraciada com a companhia de Alencar. E meu carnê de baile se fecharia com chave de ouro.

Fico aqui, contando coisas, e acabo esquecendo o que tenho de fazer: telefonar para Lucila.

— Olá, amiga! — disse ela, dando risada, assim que atendeu.

Lucila ri com facilidade, talvez porque seja rica. E talvez também porque tenha sido poupada de um grande sofrimento na vida. Era bem-casada, com um marido amantíssimo e filhos adoráveis, segundo dizia. Ficou feliz quando eu disse que não faltaria à sua festa. Mas eu disse que iria sozinha, porque Maria Inês não podia me acompanhar, atrapalhada que estava com o trabalho. Maria Inês estava se tornando uma pessoa extremamente anti-social; no futuro se ressentiria disto.

Dias depois, sem causa aparente, amanheci aflita. Sobressaltada, no limite do pânico, liguei para Vitor e pedi que ele viesse à minha casa, com urgência. Não toquei no nome de Telma. Nem ele. Ele se assustou, coitado do meu filho! Pedi que viesse almoçar comigo, e o mesmo pedido fiz a Maria Inês, que estranhou, mas ficou em casa. Assim que vi os dois, os abracei longamente, dizendo que a vida era curta, os dias, rápidos e frágeis, e em breve eu seria uma sombra irreal, mas, antes, queria dizer o quanto os amava, e continuei aconchegada a eles, sufocada no peito do Vitor. Os dois se entreolharam, mas nada disseram. Tivemos um almoço silencioso. De quando em quando, descia uma lágrima dos meus olhos. Quente.

Eu não sabia o que mamãe fazia estendida no chão da sala, rodeada por um laguinho. Fui falar com ela, que não me respondeu. Mesmo sabendo que eu estava proibida de me dirigir a estranhos, desci correndo a ladeira, gritando, só de calcinha, descalça, com o cabelo molhado, porque tinha saído do banho. Uma menina cantava. Era Milamor, a filha da vizinha. O dia inteiro eu ouvia chamarem por ela. Assim que cheguei na parte de baixo da ladeira, a cabeça de sua mãe surgiu em cima do muro. Contei o que estava acontecendo na minha casa. E logo saímos correndo, ladeira acima, e eu só via pela frente os pêlos espetados nas pernas da mãe de Milamor. Ao entrarmos em casa, encontrei mamãe na mesma posição. A vizinha pôs as mãos na cabeça e gritou "*Diós*". Nesse instante eu vi a menina atrás dela. Mostrei minha mãe para ela. Milamor se escondeu atrás dos panos da mãe. Nisso, a vizinha já tinha perguntado onde estava o telefone e, discando com dedos nervosos, pediu uma ambulância, e caiu sentada no banco da cozinha. Fiquei na casa de Dolores quando levaram minha mãe embora. Dolores era o nome de Milamor.

Quando voltei a ver minha mãe, ela estava sendo carregada por papai pela ladeira. Ele chegou em casa bufando, dizendo para eu ser "boa menino", porque mamãe fizera "borrta espontânea". E pôs mamãe na cama, dizendo que ia dar "um saidinha". Mamãe dormiu instantaneamente, e eu fiquei sentada ao seu lado, com medo das árvores que gemiam lá fora, com os galhos se atracando. Desde esse dia, eu não sei para onde foram o olhar e a voz de minha mãe. Ela vivia de cabeça baixa, muda. Procurando o bebezinho no chão?

— Acho que ele estava naquele lago — disse a meu pai, que lia um livro grosso sentado na poltrona.

— Que você dizer?... — perguntou ele. — *Du bist seher dumm!* — E me xingou de boba.

A vida, às vezes, pode se tornar interessante. Trazer uma lufada de encantamento. Foi o que aconteceu nessa manhã, quando escutei a voz clara de Alencar no telefone marcando nosso encontro. O sol deslizava seus primeiros raios sobre mim. Ficamos de nos encontrar em frente ao prédio onde havia meu pequeno apartamento. No final da semana ele ligaria confirmando. Que bela manhã!

E que dias cheios vieram! Consultas e mais consultas. Voltei a falar com Regina e ela me sugeriu preenchimento em vários pontos da face. Principalmente em torno dos lábios. Estava com umas ruguinhas em volta dele, como se tivesse falado em francês a vida toda. Teria jeito?, perguntei. Regina me indicou seu dermatologista e, quando terminasse a consulta, que eu não esquecesse de ligar para ela. Fui também ao dentista; estava com algumas provisórias, e temia que elas se soltassem, caso houvesse uma intimidade maior entre nós. Não é bom ser pega desprevenida. No que andava pensando... Maria Inês nem sonhava com o que me acontecia... Mas bastava um pouco de sorte, para que se concretizasse o encontro. Faria tudo que estivesse ao meu alcance para agradar Alencar. Até se, por acaso, ele levasse algum cachorro de estimação, seria capaz de fazer festinha no bicho, eu, que tanto temo os animais.

Estava ao telefone, marcando consulta para o mês seguinte com o ginecologista, quando Maria Inês disse que queria falar rapidamente comigo.

— Sim — disse, pondo o aparelho no gancho.

— Por que está com essa cara? — perguntou ela.

— Qual?

— Vermelha.

— Andei me abaixando para calçar as meias. O sangue deve ter refluído.

— Hã.

— O que você quer falar? Senta, filha.

— Vou viver com João Batista.

— Hein?

— Um cara. Qual é a surpresa?

— E ele, como é?

— Um homem.

Sorri, às vezes acho graça em Maria Inês.

— Tem filhos?

— Não perguntei.

— Vai se casar sem saber se o homem tem filhos, Maria Inês?...

— Se tiver, não serão meus.

— O que ele faz?

— Muita coisa. É jornalista.

— Um colega seu.

— É. Bem, já te avisei.

— Maria Inês...

— Estou com pressa, vou dormir fora.

Não sei se podíamos chamar de convivência algo que se dava em relâmpagos. Que meios teria eu para deter Maria Inês? Precisava conversar com ela sobre moradia. A casa é dela, portanto, seria muito natural que o rapaz viesse morar aqui. Precisava voltar a ter a minha casa. Sozinha. Que falta sentiria de Haroldo.... Tanta saudade da nossa calma... Que grande sossego era a nossa vida.

No dia seguinte, Alencar telefonou para desmarcar o encontro. Estava às voltas com muito trabalho, disse. Telefonaria assim que estivesse mais folgado. Sombras vespertinas cobrem já o céu?...

Precisava esquecer um pouco Alencar e pensar em me vestir para a festa. Só de pensar, cansa! Como é trabalhoso estar mais velha e acima do peso. Vestir-se demanda um enorme esforço, colocar cinta-liga, calçar meias de nylon, abotoar o sutiã e ajeitar o resto do peito dentro dele é uma tarefa custosa... Por isso, tantas se entregam... Ao término, estou sempre transpirando, e depois ainda tenho que retocar a maquiagem. Voltar a empoar o nariz e a testa, e, por falar neles, que procedimento miraculoso!, remocei uns cinco anos. E acabei não comentando com Regina sobre o resultado... Mas estava sem tempo; agora quem estava em cima da hora era eu. Ainda não tinha conseguido estabelecer prioridades para me vestir. Enfim, se preparar consome tempo e requer prática e habilidade, sem falar em paciência. Muita paciência. E tudo se torna ainda mais difícil por causa do uso dos óculos. Tenho pensado em colocar lentes, mas já vi muitos sem enxergar porque parece que é fácil perdê-las. Chega de conversa; assim vou acabar me atrasando. Estava pronta, e já muito cansada... Precisava mandar a moça pedir um táxi.

Nos portões da casa de Lucila os guardas paravam os carros para que os convidados se apresentassem. Lucila era minha única amiga rica, casada com um empresário, e eles moravam numa verdadeira mansão, situada no centro de um grande terreno ajardinado. Assim que o táxi entrou pela alameda que desemboca na porta principal de sua residência, vi mesas espalhadas pelos jardins, cobertas por toldos brancos, tendo luminárias ao centro. Próximo a elas, um conjunto de cordas tocava. (Cenário ideal para um encontro amoroso.) Ao saltar do táxi que me levou, avistei ao longe uma mulher vestida de noiva. Era ela? Era. No decorrer da recepção, eu soube que Lucila prometera, a si própria, entrar no vestido com que se casara! E lá estava, rubra, arfante, tentando parecer natural, dentro do vestido em que não mais cabia. Que promessa! Mas havia várias mulheres com roupas de outras datas, inclusive a minha, que era do casamento do Vitor. Ao me despedir, já tarde da noite, não soube o que dizer a Lucila; felicitei-a pela data, e silenciei sobre a escolha do vestido.

É um risco ficar mais velha — como se não coubéssemos mais no mundo.

CAPÍTULO 6

— Pode ir tirando isso da sua cabeça... Não vai morar sozinha não senhora. Vai continuar aqui comigo. Pensou em sair pra onde?... Só porque João Batista vem pra cá? Não precisa se preocupar com ele, além do mais, duvido que você o veja, só se for no final de semana... E você vai gostar dele, é um cara muito legal, e não tem filhos, se era o que você queria saber...

— Está bem, Maria Inês, já entendi.

Serei salva por João Pedro? O filho que Maria Inês disse que teria um dia? Meu corpo se contentará em abraçá-lo? Os dias se tornarão calmos, ternos, cálidos, afastados os temores? Vamos ver. Antigamente não se instalava tanto *frisson* corporal... O que aconteceu nessa idade tardia?

Ainda estava sozinha com as crianças, quando, volta e meia, Vitor me perguntava pelo pai. Eu respondia de forma evasiva, e ele não insistia. Mas, um dia, eu teria que conversar com meu filho sobre o pai dele. Esclarecer a situação. Passado algum tempo, numa noite em que esperei Maria Inês dormir, chamei-o. Vitor estava ajoelhado no chão, irradiando uma corrida de carrinho na mesa de centro da sala. Assim que escutou minha voz, levantou os olhos, largou a brincadeira, e veio ao meu encontro:

— Preciso falar com você, meu filho, sobre o papai.

Seu corpo se enrijeceu. Fiz um carinho nele.

— Estou muito triste em ter que dizer pra você que o papai não vai mais morar conosco. Foi uma decisão dele, e deve ter sido difícil, porque seu pai gosta muito de você. Então, depois de pensar muito nos filhos e na mamãe, e de sofrer por causa disso, ele achou melhor ficar perto do local de trabalho dele — minhas lágrimas começaram a pingar no colo —, porque assim ele pode ir a pé, sem precisar acordar cedo, pegar condução e gastar dinheiro e tomar chuva, e ficar cansado...

Me abracei com Vitor. Quando consegui olhar nos seus olhos, meu filho era uma criança vencida. E nada disse, nem perguntou. Mas não voltou a brincar. E naquela noite, teve 39 graus de febre e viu um jacaré subindo pela cortina do quarto.

E eu nunca mais soube de Paulo. É uma história cruel. Nem no trabalho tinham notícia dele. Despedira-se havia algum tempo. De qualquer forma, ele não tinha morrido, pois o dinheiro continuava a ser depositado na minha conta, regularmente. Dentre nós, certamente eu tinha morrido muito mais que ele.

No meio da noite, precisei me levantar para pôr compressa de água gelada na testa do Vitor, na tentativa de baixar sua febre. Maria Inês deve ter acordado com o movimento, apesar de eu me esforçar para não fazer barulho. Peguei-a da cama — ela já não dormia no berço — e continuei andando, levando compressa de um lado ao outro, do quarto à cozinha. O relógio da sala tiquetaqueava na minha cabeça. Vitor gritava com medo do jacaré. Por mais que eu pedisse para ele não gritar, porque já era tarde, podia acordar os vizinhos, ele não sossegava. Eu estava tão cansada que, numa dessas idas e vindas, parei no meio do quarto, e, de dedo em riste pra fora da janela, gritei para a cortina:

— Vai embora, jacaré! Anda! Já pra fora dessa casa!

Revoltante, causar tanto dano a uma criança! Como eu podia ainda amar alguém que fazia isso a meu filho!...

A noite estava fria, fechei a janela, e disse a Vitor que o jacaré tinha ido embora. Ele se aquietou e, pouco depois, adormeceu. E Maria Inês rodava no meu colo, querendo ver onde estava o "jacalé".

Por essas e outras que, muito mais tarde, ao encontrar Haroldo, abri a porta de casa com o coração pequeno.

— Mas nada como ter mais de 70 anos... — dizia Estela no telefone. Ela nunca dizia 80 anos, sempre mais de 70. Apesar da devastação geral, do corpo virar um trambolho, estava curtindo muito mais a vida. Disse-lhe que concordava por antecipação.

— A vida deve ser bem menos desesperadora — acrescentei. E em seguida, brinquei com ela: — Cem anos então deve ser o apogeu!

E contei para Estela sobre o casamento. Do vestido de noiva de Lucila. Deixei-a rindo.

Maria Inês ligou do trabalho dizendo que daria uma passada em casa com João Batista, para que eu o conhecesse. Será rápido, avisou. Depois tinham compromisso, jantariam fora com amigos. Gostaria de fazer um almoço para apresentar João Batista à família, antes que ele mudasse para a nossa casa, eu disse. E fazia questão que a família dele também estivesse presente. Não estava com tempo para conversar naquela hora, disse ela, e João Batista, de familiares, só tinha a mãe. Achava melhor um lanche.

— Simplifica, mamãe!

— Está bem — disse, sentindo uma pontada de dor de cabeça —, depois nos falamos.

Fui me arrumar, na verdade, passar batom, para tentar causar boa impressão ao rapaz. Ao me dirigir para o quarto, escutei uma mulher cantando aos gritos. Seria a nossa diarista? Abri a porta da cozinha:

— Desculpa, dona Maria! É que eu adoro esse hino!

Fui criada para falar pouco e baixo, para não incomodar as pessoas. E também para fazer tudo sozinha, sem ajuda de terceiros. Não me afastei da educação recebida, a não ser no que diz respeito a amizades. Sempre tive muitas amigas. Atualmente ando confundindo um pouco os relatos delas. É tanta coisa que escuto, que às vezes não sei quem disse o quê. Que Maria Inês nunca venha a saber disso. Não esqueci daquela moça que parou aqui em casa. Eu, sonhando com uma vida nova, e minha filha querendo me envelhecer à força!

Muito simpático o João Batista. Não era tão bonito quanto Conrado, que era um rapaz especial. Qualquer dia conto sobre o lamentável final do casamento de Maria Inês. Mas agora é a vez do João! Assim que Maria Inês abriu a porta, vi atrás dela uma braçada de flores nas mãos dele.

— Para que a senhora goste de mim! — disse, me estendendo o buquê.

— Já gostei! — respondi.

Maria Inês observava o desenrolar da cena. Prestava atenção para ver se eu havia aprovado o seu novo.... namorado? Amigo? Amante? O amor perdeu seu nome. Claro que eu havia gostado, um rapaz de modos bonitos, educado, gentil e muito charmoso! Maria Inês sabe fazer boas escolhas.

Assim que eles saíram liguei para Vitor e contei a novidade. Antes tive que trocar algumas palavrinhas com Telma, aproveitei então para ter notícia dos meus netos. Saber quando seria a próxima visita. E ela, como sempre, se queixando do marido. É tão desagradável ouvir falar mal de um filho... e um filho tão querido!... Mas ela não se cansa!

Ao atender o telefone, Vitor, como sempre, escutou. Não dava palpite na vida da irmã, mas eu sabia o quanto ele gostava dela. Perguntou o que eu achava que eles deviam trazer de presente. Uma pergunta difícil, disse a ele, porque Maria Inês tinha tudo de que precisava em casa. Só mesmo ela poderia responder.

No dia seguinte, Maria Inês deixou uma lista enorme para o lanche de comemoração. Encabeçavam a lista garrafas (no plural) de *champagne*, caviar, ovas de salmão, e por aí ela foi. No final, assinou: a noiva.

Tão bom ver minha filha contente!

Fui dar uma limpeza no armário do corredor. Fazer lugar para João Batista, caso ele viesse a precisar. Não sabia quais seriam seus pertences. Um dia, Maria Inês namorou um rapaz que tinha uma prancha de *surf*, que era guardada na nossa casa. Na dele não cabia. No meio da arrumação, encontrei um bilhete com letra de criança.

"Mamãe.

Eu quero um irmãozinho.

Eu não vou bater nele.

Nem cuspir, nem empurrar.

Só vou apertar ele.

Um beijo. Maria Inês."

Quantos anos ela teria? Não lembro. Alguém devia ter ajudado Maria Inês a escrever. Quem teria sido? Ah, a diarista que na época trabalhava na nossa casa! Mas lembro perfeitamente de Maria Inês me pedir um irmãozinho, porque foram inúmeras vezes. Calcule...

O telefone estava tocando; devia ser ela para avisar que estava chegando. Volta e meia faz assim.

— Alô! Ah, sim... tudo bem? Não, não está incomodando de jeito nenhum... Nesse sábado? Estou livre, sim. A que horas? Quatro? Está ótimo. Você já tem o endereço? É, é o prédio da esquina. Ah, não se preocupe, eu o conheço, já o vi numa festa, mas não chegamos a nos falar... De qualquer modo, estarei em frente à portaria. Obrigada, pra você também.

Era Alencar. Alencar. A-len-car! Marcando encontro para sábado. Para ver o apartamento. Estava interessado. Ele estava interessado. Existem vozes que causam estremecimento...

— Vó! Vó! — Os meninos do Vitor gritavam, tocando a campainha.

Chegaram! Não fosse meu filho dizer "E o beijo da vó?...", eles passariam direto por mim em direção às mesinhas deles.

— Maria Inês vai casar de novo? — perguntou Telma. E continuou: — E a fila anda...

Vitor me acompanhou no sorriso e, nesse momento, a porta voltou a se abrir e Maria Inês entrou apressada; vendo o irmão, correu para abraçá-lo. Meus filhos se gostam muito. Desde o tempo da solidão deles meninos.

— Sua mãe não veio com vocês? — perguntei ao João Batista, que aguardava os cumprimentos de Maria Inês.

— Ela não pôde vir, pede desculpas, vai ligar pra senhora...

Depois de abraçar o irmão e dar dois beijinhos na cunhada, Maria Inês apresentou João Batista a eles:

— O sortudo! — disse, rindo e batendo nas costas dele.

Telma revirou os olhos, e Vitor disse que João havia mesmo tirado a sorte grande. Meu filho sempre teve uma atitude paternal em relação à irmã. Não só pela ausência do pai, como também pela diferença de idade entre eles. Vitor cresceu depressa. Nesse momento, Maria Inês me viu:

— O que há com você?

— Nada — respondi, sorrindo.

— Alegre...

— E não é para estar?

— Com cara de quem viu passarinho verde — Maria Inês continuava.

— Onde você ouviu isso?

— Sei de coisas que você não imagina, dona Maria... — disse, abraçando os sobrinhos.

Estaria Maria Inês insinuando algo?

— Maria, se eu morrer antes de você, case de novo. Eu não vou me importar... — Haroldo deu um risinho.

— E case logo, meu bem. Não fique sozinha, os meninos cresceram e estão interessados em outras coisas, não vão te fazer companhia — disse Haroldo, me abraçando no sofá, onde líamos os jornais de domingo. E acrescentou:

— A solidão é cruel... Sei que você já passou por isso, mas na velhice é fatal!

— Quer que eu me case com qualquer um, Haroldo? Com o primeiro que aparecer?...

Ele deu risada e me abraçou forte. Excelente temperamento tinha aquele marido.

Estava com vontade de seguir o conselho dele. Não propriamente de me casar..

CAPÍTULO 7

Sozinha, com a alma desordenada, saí de casa para me encontrar com Alencar. Cansada, de tanto me cuidar até aquela hora. O que estaria prestes a me acontecer?... Durante toda a vida eu havia sido discreta, reservada, comedida. Esperei envelhecer para me tornar despudorada? Perder a contenção?

Me vesti de preto, para alongar a silhueta, passei pouca maquiagem, principalmente nos olhos, evitando carregar a fisionomia, e espalhei gotas de perfume atrás das orelhas. Meus olhos já foram grandes e verdes. Com o passar do tempo se tornaram miúdos e furta-cor, em parte pelo uso contínuo dos óculos. Creio já haver comentado sobre isso... Como estaria vestido meu futuro locatário — o elegante Alencar?

Ao avistar o táxi que fazia manobra na ladeira, o salto do meu sapato se prendeu num dos infinitos buracos da nossa cidade. Há que se ter juventude para andar por essas ruas... Felizmente o salto não se quebrou, e o motorista já abria a porta, oferecendo ajuda. Em instantes, deve ter calculado a minha idade. Após o táxi descer a ladeira, escutei a voz do homem, e custei a entender sua pergunta. Ele queria saber qual direção devia tomar. Eu havia esquecido de dar o endereço! Nesse momento, senti uma súbita fisgada num dos dentes. Sempre eles! Felizmente, não voltou a se repetir. Eu pensava em muitas coisas... mas meu pensamento — ininterrupto e desnorteado — não se detinha em nenhuma delas. De repente, reparei nas minhas mãos. Na indisfarçável velhice delas. Alencar notará, com certeza. Que lástima!

Assim que saltei em frente ao prédio, o avistei, e ele, ao fixar a vista em mim, deve ter depreendido que era eu a proprietária, e se encaminhou na minha direção. Que bonito o seu andar! Sua figura se movendo se destacava dentre as demais, e impressionava mais do que da primeira vez. Foi fácil perceber que devia ter dez anos a menos do que eu. E que bem vestido estava... Um homem de bom gosto. Não lembro do percurso que fizemos da rua até o elevador, e da lufada até o oitavo andar, onde ficava o apartamento. Ao chegarmos diante da porta de entrada, Alencar se deteve e, me olhando, estendeu a mão, oferecendo-se para abrir a porta. Entreguei-lhe as chaves. Nesse momento, meu celular tocou. E continuou a tocar. Não desejava que nada atrapalhasse aquele momento. Único, e talvez derradeiro! A partir do instante em que a porta se abriu, discorri sobre o apartamento com tal desenvoltura — na tentativa de evitar que ele notasse meu embaraço —, que nem lembro dele avaliando o que via, mas me recordo perfeitamente do seu perfil, e também de outros ângulos seus. Que homem interessante!

Nos despedimos em frente ao prédio, e ele disse que voltaria a ligar. Antes precisaria conversar com a filha. Esperava dar uma resposta dentro de poucos dias. Preferi até que não houvesse continuação do programa, porque estava exausta. A proximidade física me deixara abalada. O que será que ele tinha achado de mim? Apenas uma senhora querendo alugar seu imóvel?

Mal cheguei em casa, vi a luzinha da secretária piscando, mas eu não tinha condições de falar com ninguém naquele momento. Deitei com a roupa que estava, nem tirei os sapatos. Acordei com Maria Inês perguntando onde eu estivera. Contei que fora mostrar o apartamento, e tivemos que subir os oito andares, porque havia faltado luz no prédio. Justo na hora! Maria Inês continuava a me olhar; mas nada disse, anunciou, antes de sair do quarto, que viria jantar em casa com João Batista. Ainda bem que ela tinha me deixado sozinha, porque eu ainda não me recobrara. E também porque queria voltar aos sonhos; eram menos custosos.

Levantei, lavei o rosto, e voltei a ser o que eu era: uma senhora de quase 60 anos, viúva, discreta, tranqüila, sonhadora, mãe de dois filhos, e saudosa, para sempre, de um certo tempo. Esqueci dos netos!

Fui escutar os recados. Eram três. De duas amigas, e de um dos nossos jornais que ligava quase todas as semanas para que eu fizesse assinatura. Não se cansavam! Escolhi retornar o telefonema de Regina. Às vezes, acho-a mais empolgada do que eu... Assim que Regina atendeu, perguntou pelas novidades. Relatei então o encontro, descrevendo minuciosamente como as coisas se passaram. Falei também sobre meu entusiasmo. No final, ela disse que eu devia ter dado uma facilitada.

— Como, facilitada?

— Mostrar interesse.

— Mas não há nada...

— Começa a haver...

Não levei a conversa adiante, até porque Regina e eu somos mulheres de temperamentos muito diferentes. Ela é uma mulher moderna, que acompanha o ritmo atual, também não posso deixar de levar em consideração que é mais moça do que eu. Dez anos! Faz diferença na idade em que estamos. Na verdade, sempre faz diferença. Além do mais tenho um grande prazer em ser conquistada. Disse isso a ela. Regina então comentou que as mulheres passam a primeira metade da vida fugindo dos homens, e a outra metade correndo atrás deles.

— Não perca a corrida, Maria! — disse, avisando que precisava desligar, estava em plena maratona.

O outro recado era de Alice. Não estava querendo retornar o telefonema porque sentia que precisava ficar um pouco comigo, mas Alice insistiu, voltando a ligar; tinha urgência em falar:

— Meu marido viajou — disse ela. — Tenho certeza de que a mulher foi fazer serviço de bordo, e prestar outros serviços também... Não tenho sossego! A cada dia que passa ele tem mais certeza do quanto me apaixonei, aí tripudia... Não sei como agüento essa situação a três... Ser traída todo dia, a toda hora, e em todas as cidades...

Silenciou.

— Como você sabe? — perguntei.

— E quem não saberia? Ainda está pra nascer a mulher que não saiba que é corneada...

Alice tinha bebido. Só diz palavrão quando bebe, do contrário é uma mulher fina. Seu pai era um dos barões do café. Não sei que relação fiz agora entre a boa educação e o baronato do café...

Aproveitei que estava com o aparelho na mão e liguei para Maria Inês. Teria que ser breve, porque ela está sempre ocupada, e não gosta de receber telefonemas de casa no trabalho.

— É só para saber quando será a mudança do João Batista. Dependendo do dia eu tenho que tomar providências...

— Não posso falar agora, estou em reunião.

Desligou. Tenho tão pouca chance de conversar com minha filha...

Será que com o marido morando aqui as coisas vão mudar de figura? Já estou chamando João Batista de marido. Seria para chamá-lo assim? Maria Inês não me diz nada... Gostaria tanto de que pudéssemos conversar, sem pressa, teria tanta alegria em sentir minha filha próxima a mim...

Pedi a meu pai para que ele escrevesse em alemão um cartão que eu tinha feito pelo Dia das Mães. Mamãe estava deitada, com os olhos abertos, iguais aos do meu urso. Assim ela passava os dias, depois que perdeu o irmãozinho. Levantava só para fazer o serviço de casa, depois voltava para a cama. Muda.

— Qual verrso fez parra mamãe?... — perguntou ele, abanando as orelhas.

Querida mamãe
Eu amo você todo dia das mães. Um beijo, Maria.

— Dá papel parra mim, e pega óculos lá no mesa do cabeceira.

Antes de eu sair correndo — porque estava com medo de ele desistir de me ajudar —, papai perguntou que embrulho era aquele na minha mão.

— Presente.

— Que é?

— Uma manga pra mamãe.

— Crriança... — disse, e sorriu.

Fui e voltei correndo; entreguei os óculos, e sentei no chão à sua frente. Papai leu o que eu tinha escrito. Depois começou a pensar, e a escrever, em seguida pensava de novo, e voltava a escrever. Quando terminou, me entregou o cartão; enquanto eu o guardava dentro do envelope, perguntei:

— Pai, ele não sabia nadar?

— Que você está falando? — Levantou os olhos do livro.

— Do irmãozinho.

— Ach!

Papai se levantou, pôs o livro debaixo do braço e me deixou sozinha. Por que ele tinha ficado bravo?

Haroldo entrou na nossa vida de mansinho, trazendo apenas um abajur, uma mesinha, o retrato do avô paterno (um senhor de terno, gravata, colete e camisa com colarinho alto) e livros. Poucos pertences. Deixando o resto com a ex-mulher. Mas Haroldo trouxera também sua cachorrinha que, apesar de ter sido bem recebida, não se adaptara à casa nova e a seus moradores. A nós. Pouco depois, Alzira foi levada para a casa da manicura, que fazia as unhas de algumas mulheres do prédio. Adélia estava velha, não tinha aposentadoria, e nenhum salão aceitava mais contratá-la; restaram então as antigas clientes que se mantiveram fiéis e que se submetiam semanalmente aos tremores de suas mãos. Raras foram as vezes em que ela saiu da minha casa sem me deixar com um dos dedos ferido. Havia também a irmã de Adélia, de quem ela se queixava, mas não vale a pena trazê-la à baila. E é melhor que não continuemos a falar sobre a vida de Adélia, porque teríamos que tocar nos filhos dela, que moram no interior, e são terrivelmente ingratos. Uns bugres.

Fui parar na manicura porque não sabia mais o que pensar sobre o encontro com Alencar. Ora achava uma coisa, ora outra. Não me decidia. Era um cansaço. E ainda não havia trocado de roupa. O pretinho com o qual saíra. Talvez esse entusiasmo repentino se devesse a um longo período de abstinência. Haroldo tinha morrido fazia tempo. Se bem que, no final do relacionamento, como relatei no início, havia apenas uma grande ternura, de ambas as partes. De certa forma, era o que compensava os antigos arroubos. Na verdade, vida sexual movimentada, eu vivera com Paulo.

— Chega, Paulo! Vamos dormir... daqui a pouco o dia amanhece...
— Reclamando, bombom?
De vez em quando ele me chamava assim.
— Amanhã está longe... vem, meu bem...
Meu bem... meu bem... meu bem...

Maria Inês chegou em casa com João Batista. Vinham conversando desde lá de fora, escutei as vozes deles antes que abrissem a porta. Assim que ela entrou, e me viu, disse que estavam morrendo de fome, perguntando se o jantar ia demorar para ser servido. Enquanto ela falava, ele me deu dois beijos. Pouco depois, nos sentamos à mesa, e o assunto resvalou para a minha pessoa:
— Maria Inês contou que a senhora ficou viúva... — disse João Batista.
— Faz tempo.
— Eu gostava muito dele, era um cara legal... — disse ela.

— Haroldo conheceu Maria Inês pequena.

— Meu pai foi embora quando eu nasci, João já sabe disso... Essa moça não vai trazer a comida?

— Calma, Maria Inês, hoje foi dia de feira...

— Depois a senhora não quis refazer sua vida? — continuou João.

— Mamãe casou com Haroldo, esqueceu que eu te contei, *baby?*

— Não... estou perguntando depois de sua mãe ter ficado viúva...

— Com a idade que está? — disse ela.

— Tive uma tia que se casou com a idade de sua mãe. Mais um a saber a minha idade.

— Até que enfim, comida! — Maria Inês tilintou o garfo no copo. — Mas é uma gagá *light,* essa sua tia, *baby...* Por que está tão quieta, mãe?

— Pensando no que estão dizendo.

— Mas nem passa pela sua cabeça fazer uma coisa dessas, né?

— Qual?

— Da tia aí do João.

— Pensar, pensa-se em tudo, Maria Inês.

O telefone tocou, me levantei rápido para atendê-lo, apesar de ela dizer para eu deixar cair na secretária.

— Wolfgang só gosta de mulata — disse minha mãe ao telefone.

Ao me ver a seu lado, desligou; e me bateu com os olhos. Mesmo assim, perguntei:

— Quem é mulata?

— Não repita isso! Se voltar a falar essa palavra te dou um tapa na boca!

E pelo ar vinha a voz de Dolores, cantando em sua casa rodeada de árvores em flor.

CAPÍTULO 8

— Alô? Hein?... Ah, sim... Tudo bem? Não, não estou ocupada. Claro! Quando quer ir? No final da semana? No sábado? Deixa eu ver... Posso. De novo às quatro horas? Está combinado. Nos encontramos lá. Um abraço.

— Quem era? — perguntou a filha que me controlava.

— Aquele senhor que está interessado no apartamento.

— Vai alugar?

— Quer ver mais uma vez.

— De novo?

— O que é que tem?

— Aquele cara não está metido nisso não, né?...

Maria Inês se referia a Conrado.

— Não se falou no nome dele.

— Ainda bem.

Era a sua única preocupação. Ainda bem digo eu.

Talvez tenha sido a noite mais terrível que passei em toda a vida. Aquela, em que Paulo nos deixou. E de que

Vitor e eu nunca mais nos recuperamos; e Maria Inês tornou-se uma criança insone. E nossa família por pouco não se acaba. Quando me dei conta de que Paulo realmente iria embora, saí do nosso quarto e entrei no das crianças e, tentando não acordar Maria Inês, embrulhei-a na manta; depois, acordei Vitor, pedindo que ele não falasse alto, e dizendo que eu iria ajudá-lo a se vestir porque faríamos uma surpresa para o papai. Meu filho estava tonto de sono; deixei-o sentado na cama — com a cabeça se inclinando de volta ao travesseiro —, pedi que esperasse eu ir buscá-lo. Paulo, impaciente e nervoso, já estava na sala quando eu entrei. Assim que me viu, disse que eu não me preocupasse porque iria depositar mensalmente uma quantia na minha conta. Eu sentia meu corpo inteiramente trêmulo. Desconchavando-se. Perguntei se ele não iria se despedir dos filhos. Não queria acordá-los, disse. Ligaria quando chegasse, para falar com Vitor. Chegasse aonde?, perguntei. Ele me olhou e não respondeu. O que será que eu tinha feito para ser tratada daquela maneira, disse, com a porta de casa aberta diante de nós. Nada, ele respondeu. E me deu as costas. Nem uma conversa. Fechei a porta e corri para buscar as crianças, com a camisola estufada pelo vento que entrava pelas frestas das janelas. Tirei Maria Inês do berço, e ela instantaneamente começou a choramingar no meu colo; fui chamar Vitor que, cambaleando de sono, agarrou-se em mim. Pus um casaco, peguei minha carteira, as chaves de casa, e descemos em seguida. Vitor mal conseguia ficar de pé, seu corpo escorregava pela parede do elevador. Ao chegarmos lá embaixo, encontramos a portaria vazia, o porteiro devia estar manobrando o carro. Saímos os três na noite escura e fria, e me postei com as crianças diante da garagem. E ali esperei o carro aparecer. De repente, ouviu-se um barulhão, e Paulo freou o carro em cima de nós. Me afastei, por causa das crianças. Com o barulho, o corpo de Maria Inês estremeceu, e Vitor chorava chamando pelo pai, e se enxugava na barra da camisola. Ainda ensaiei uma corrida atrás do carro, gritando para que ele voltasse, mas Paulo já ia longe.

Jamais me perdoei por essa noite.

Dias depois, Paulo telefonou, pedindo que eu chamasse Vitor ao telefone. Meu filho ficou tão nervoso quando escutou a voz do pai, que ficou gago.

— Amanhã vou à casa de seu irmão, não sei dele nem das crianças — disse para Maria Inês.

Os dois, João Batista e ela, estavam acomodados no sofá da sala, e Maria Inês deitara a cabeça no ombro dele. Depois do meu comentário, ela disse que eles iam dormir; o dia havia sido pesado. João Batista me deu mais dois beijos, e Maria Inês disse até amanhã. Só me beijava em datas.

Nesse momento, o telefone tocou. Ela, já de saída para o quarto, e apontando o aparelho com a cabeça, disse que devia ser uma das loucas. Atendi Estela.

— Sei que você não vai acreditar, porque ninguém acredita, mas estou com uma forte dor no cabelo. Quer dizer, no que resta dele. No punhado da parte de trás do lado direito. Só de tocar, dói. Sempre que anoitece, as dores se anunciam. Acho que esperam que eu desarme para virem me atacar. Não há uma única vez que eu me deite que não durma preocupada em amanhecer no dia seguinte. É estafante! Não há nada a dizer, eu sei, mas para alguém preciso contar... Ah, Maria, sinto tanto pela sua vida, esses calhordas te fizeram sofrer tanto... mas você aí está, corajosa e bela! Boa noite, minha querida, bons sonhos, que Deus te recompense!

Não precisei dizer nada. Nem havia nada a ser dito. Outro ponto pra loucura, diria Haroldo. Será que o *meu* ponto fora despertado pela visão de Alencar? Por falar nisso, tinha que ligar para Regina, minha consultora para assuntos sentimentais. Dessa vez eu tinha novidade!

Haroldo ocupou apenas uma prateleira do guarda-roupa, apesar de eu ter deixado metade do armário livre pra ele. Já seus livros tomaram a estante toda da sala. E a tal fotografia do avô ele não sabia onde pendurá-la. Vivia trocando-a de lugar, porque queria que ela ficasse à vista. E cada pessoa que vinha à nossa casa, perguntava se aquele era o meu pai. E todas se espantavam quando eu contava que era o avô paterno de Haroldo.

Um homem célebre. Um estudioso das árvores brasileiras. Conhecia toda a nossa flora, e diziam que havia no Jardim Botânico uma placa com seu nome. Um dia, fomos em caravana até lá. Haroldo queria tirar uma foto ao lado da placa. Mas esta tinha desaparecido numa enxurrada. Maria Inês pediu então que ele tirasse uma fotografia dela com uma flor na mão. Até hoje ela tem essa foto no quarto. Foi-se a placa, e restou a menina e a flor.

— Nem bem o homem chegou e voltou a ligar?... — Regina dizia. — Claro que está interessado, mas é evidente... Quando será a próxima vez, o próximo encontro? Ah, sim, então você vai fazer alguma coisa. Quando terminar a inspeção no apartamento, convide-o para tomar um café. Deve ter algum lá por perto. Na ida, você pode dar uma olhada. Sei que você nunca fez isso, mas existe sempre uma primeira vez. Senão, adeus... É o que você quer? Atenção que já foi dada a partida!

Como eu faria uma coisa dessas? Regina já devia ter ingerido umas boas doses, a hora do crepúsculo era a mais perigosa; além disso éramos mesmo muito diferentes. As coisas não são assim... Independentemente disso, eu não estava acreditando que ele estivesse interessado. Achava apenas que queria dar uma conferida no apartamento; do que tinha todo o direito, como futuro locatário.

— Tudo bem, mãe?

Maria Inês batia na porta do meu quarto.

— Por quê?

— Com a luz acesa até essa hora?...

— Estou lendo.

Como Maria Inês me vigiava... E se eu conversasse sobre essa história com Vitor? Não, não era uma boa idéia. Mesmo que eu contasse para ele, Vitor não daria uma palavra, e ainda ficaria preocupado. E não seria porque os homens não lidam bem com as emoções. Nós, mulheres, igualmente nos atrapalhamos. Mas levamos fama. Por falar no meu filho, vou à casa dele amanhã de manhã. É melhor que eu durma logo.

— Alencar, você não precisava vir até aqui... Eu ia te encontrar.

— Achei que você não fosse aparecer. Esse carneirinho é seu?

— Não, é da minha filha, mas já vai voar. Veio só tomar um café aqui conosco.

— E onde ela o comprou?

— Na Índia, lá tem broches muito bonitos, não acha?

— Combinam com seus cílios.

— E com meus dentes?...

O telefone estava tocando àquela hora, com tudo ainda no escuro? Devia ser engano. Que estranho sonho com Alencar...

Liguei para Vitor quando estava prestes a sair de casa. Ele estava esquisito, reticente. Perguntei o que estava acontecendo, ele disse que seria melhor que eu fosse à casa dele um outro dia. Por quê?, quis saber. Conversamos depois, disse. E em seguida, se despediu e desligou. O que estaria se passando? Maria Inês já havia saído para o trabalho com João Batista. Liguei para lá dizendo que era urgente. Ela atendeu logo, assustada, perguntando o que estava havendo comigo. Contei sobre o telefonema para o irmão. Maria Inês disse que devia ser problema com a sucuri!

— É a serpente que mata por sufoco! — disse e, em seguida, mais calma, continuou: — Vitor não disse que ia conversar com você? Espera, mamãe. — E me mandou um beijo.

Maria Inês percebe quando algo me abala.

— Vai, meu filho, leva sua irmã na pracinha, mamãe precisa acabar a tradução. Estou atrasada. Cuidado com ela. Vem aqui, Maria Inês, seu irmão vai levar você pra passear, e ele vai comprar pipoca... Agora pára de se sacudir, deixa mamãe abotoar seu vestido. Mas que menina que não pára quieta... Dá um beijo na mãe. Xi, que boca mais lambuzada... Vitor, lava o rosto de sua irmã antes de vocês saírem. Toma aqui o dinheiro, meu filho, guarda no bolso do short.

Eu exigia tanto do meu filho... mas não tinha jeito, éramos só nós, e uma diarista que vinha duas vezes por semana. Eu estava sempre em casa, mas raramente disponível para eles, vivia às voltas com textos cansativos e chatos. Eram laudas e mais laudas para traduzir, e trabalho de tradução é impossível se fazer com pressa. Eu traduzia livros técnicos — vivia rodeada por dicionários —, embora sonhasse em traduzir ficção. Mas quando se tem uma vida cruenta, de nada adianta tecer divagações. Às vezes eu me levantava para dar um pouco de atenção às crianças, para ver o que estavam fazendo, mas voltava logo em seguida, preocupada. Vivia com o prazo de entrega estourado. Impossível fazer tudo ao mesmo tempo... Com o dinheiro que Paulo depositava eu pagava as despesas fixas, mas o resto corria por minha conta. E a toda hora surgiam imprevistos.

Vitor chegou da pracinha com uma cara esquisita e, levantando Maria Inês por debaixo dos braços — ela vinha enganchada no pescoço dele —, a pôs no chão, dizendo:

— Ela fez cocô...

O telefone tocou, era Lucila, com sua voz sempre alegre. Pedi desculpas, mas disse que lhe telefonaria mais tarde. Não podia continuar sem saber o que estava acontecendo com Vitor. Ela, certamente, queria me convidar para mais uma de suas reuniões festivas. É o que gostam de fazer, ela e o marido que, ao que tudo indica, vivem num mar de rosas. Antigamente se usava essa expressão e, talvez, na época, não fosse de todo inverossímil.

O que estaria se passando na vida de Vitor? Voltei a ligar para ele, que atendeu em seguida, com a voz mais estranha ainda. Pediu novamente que eu esperasse, ligaria assim que possível. A confusão devia ser grande. De qualquer forma, eu não podia fazer nada, mas intuía que meu filho estava sofrendo. Dias depois desse telefonema, ele ligou dizendo que ia à nossa casa. Apareceu pálido e gago, como no dia em que seu pai o deixara. Contou, laconicamente — como é do seu feitio — que Telma havia pedido a separação. Mas que eu não me preocupasse, ele já estava tomando providências. Ofereci para que ele ficasse na nossa casa. Mas Vitor disse que já tinha um lugar em vista, próximo à sua casa. Achava importante, pelo menos no início, ficar por perto, por causa das crianças.

Enquanto ele falava, eu o via tentando amassar as chaves que estavam em suas mãos, como um dia tentara amassar um carrinho. Meu filho, sempre às voltas com coisas duras.

Capítulo 9

— A víbora, que se alimenta de vertebrados variados, achou que Vitor estava dando em cima de uma babá do prédio e, como não podia despedir a moça, pôs o marido pra fora de casa...

Tomávamos o café da manhã, Maria Inês, João Batista e eu. Ele, sentado ao lado dela, ouvia a conversa mas não se manifestava.

— Como você soube disso, Maria Inês?

— Olha aí, já pingou na blusa...

Maria Inês prestava mais atenção em mim do que nela, e me deixava constrangida na frente do rapaz, com quem eu ainda fazia cerimônia. Ela continuou, com raiva:

— E não interessa como eu vim a saber, mamãe, temos é que ficar de olho no próximo bote...

Meus filhos são muito unidos, e estão sempre em contato, um sempre sabe o que está se passando na vida do outro. Por um lado isso me alegra e me dá tranqüilidade,

89

por outro, eles deliberam a respeito da minha vida sem me consultar. Acho muito desagradável.

Eu estava sentada no chão do quarto dos meus pais, abraçada aos meus joelhos, olhando para mamãe, que continuava deitada, de olhos abertos.

— Está dormindo, mãe?

Ela não respondeu nem se mexeu.

— Você não gosta mais de mim?...

Mamãe continuou em silêncio, imóvel e encolhida, olhando para um ponto fixo. Tentei encontrar o lugar para onde ela olhava, mas não consegui. Passado algum tempo, me levantei, dei um beijo em sua bochecha, e saí. O cheiro de manga estava em todos os cantos da casa. De vez em quando eu escutava o barulho de uma delas despencando no morro e rolando, e ninguém ligava onde ela ia parar. Fui me sentar na varanda, de frente para a parede das orquídeas, como mamãe sentava, de lado, com os pés virados para dentro, e segurando a cabeça com uma das mãos, mas mesmo assim não consegui pensar em nada. Nem na Alemanha nem no Brasil. Papai apareceu perguntando se eu queria um copo de leite. Disse que não, e continuei na mesma posição, torta, esperando que ele visse que eu estava igual à mamãe. Mas ele não reparou, saiu dizendo "que o tardinha estava bonito e trriste." E voltou a ler seu livro.

À noite, quase dormia, quando ouvi os passos de papai, andando de um lado para o outro, pigarreando, até que ele foi para o telefone, mas eu não consegui escutar o que disse.

Acordei com meu ursinho tomando sol, deitado na cama, quente, ao meu lado. O dia amanhecia, e meu pai ainda caminhava dentro de casa; de repente, ele disse, alto:

— *Ach, du liebe Gott!*

Em seguida, ele entrou no meu quarto e, me vendo de olho aberto, disse que mamãe "forra parra o lado do bom Deus." E perguntou se eu queria me despedir dela. "Darr adeus parra o mamãe." E me estendeu a mão. Levantei descalça, carregando meu urso, e papai, de lenço embolado na mão e nariz vermelho, entrou no quarto de mão dada comigo. Mamãe tinha fechado os olhos, e estava com a mesma roupa, deitada de barriga pra cima, esticada como a colcha que havia em sua cama e, descalça. Na posição em que estava parecia que rezava. Sua cor estava igual a do café com leite. Eu não quis chegar perto dela porque fiquei com medo, eu já sentia medo dela antes; na verdade, sempre tive medo de mamãe, porque, às vezes, ela trincava os dentes e me puxava pelo cabelo, sem dizer nada. Doía. Nesse momento, também tive medo do meu pai, que estava diferente, tonto, e ainda nem tinha tomado cerveja preta. Eu tremia lá dentro da minha barriga, então ajoelhei ao pé da cama e recitei o *Vater unser* até o final. O pai-nosso.

Quando terminei, e me vi sozinha no quarto, levantei e, sem olhar pra mamãe, saí depressa. Assim que entrei na sala, sem querer, esbarrei nas pessoas, nos amigos de meus pais, que já tinham chegado à nossa casa. Logo que eles me viram, disseram:

— *Das mädchen.*

Sempre me chamaram assim, de menina, nunca pelo meu nome, Maria.

Desse dia em diante, ficamos só nós dois, meu pai e eu. E as mangueiras que continuavam a dar mangas, deixando a casa com o cheiro delas. Mas não nasceu mais nenhuma orquídea. Papai dizia que "sem o mamãe non tem flor". Um dia, achei que a tinha visto regando o canteiro que contornava um dos lados da casa. Contei para o meu pai, e ele disse:

— Ô, Marria, non tem fantasma do mamãe...

Quando levaram minha mãe embora, deixaram seus vestidos e sapatos. E a escova de cabelo e os grampos e um vidrinho de perfume. Uma vez, quando papai foi se deitar depois do almoço, me vesti com a roupa e os sapatos dela. Minhas pernas tremeram quando mamãe surgiu no espelho. Depois vi que era só isso, eu.

Meu pai deve ter conversado com os vizinhos, porque em vez de eu voltar para casa depois do colégio, ia todos os dias para a casa deles, até que ele chegasse da firma e fosse me buscar. Dolores, Milamor, cantava e dançava o tempo todo; a mãe dela dizia que ela seria artista e iria ganhar muito dinheiro. Dolores tinha um irmão, que era um bebê, o dom Pedrito. O bagunceiro da casa. Todos o chamavam assim, e ele ria, e babava, e se sujava todo para comer. E fazia cocô e xixi a toda hora, e a mãe corria pra limpar o chão. Um dia, em que estávamos brincando com as cartas, Dolores e eu, contei para ela que eu também tinha tido um irmãozinho, mas que ele havia morrido afogado.

— No mar? — perguntou ela, com olhos enormes.

— Não, no lago.

— Hã — disse Milamor, e me ofereceu o chiclete que estava em sua boca.

Dolores foi a minha melhor amiga. *Mi amor* era como a mãe dela a chamava.

Maria Inês foi praticamente criada por Haroldo. Nos conhecemos quando ela ia completar quatro anos. Ela era uma menina falante e irrequieta. Trabalhosa. Desde o início da nossa vida em comum, ela se apegou muito a Haroldo, necessitada que devia estar da figura de um pai. Já Vitor, mais velho e sofrido, fez dele um amigo. Meu filho amava o pai, corria para abraçá-lo quando ele chegava em casa. E Paulo também demonstrava muito amor pelo filho. Hoje, tanto tempo depois, não sei o que aconteceu depois daquela noite. Os depósitos bancários continuaram até Maria Inês completar 21 anos, quando então, cessaram. Até aquela data, eu sabia que Paulo estava vivo. Se bem que ele podia ter delegado essa função a outra pessoa. Minha vida se tornara uma sucessão de conjecturas. Que fim tinha levado aquele rapaz que fazia política estudantil na faculdade e que me abordara de uma forma impetuosa e bela? Eu conversava muito com Haroldo sobre Paulo. E ele ouvia, pacientemente. As conversas terminavam sempre com Haroldo dizendo que eu não procurasse explicação para o que não havia. Eu conversava também sobre Vitor, porque Haroldo também sofrera a perda do pai, não tão brutalmente como a que acontecera ao meu filho. Já disse que Haroldo era um bom, mas à medida que o tempo passava eu o admirava cada dia mais. Agora então, que me encontrava sozinha, sem a possibilidade de conversarmos, preocupada com a vida de meu filho, que fora obrigado a sair de casa e a ficar longe dos seus meninos... Faltava a sua companhia. O nosso silêncio. Um parceiro é quase tudo na vida.

Eu estava traduzindo, como sempre, e Maria Inês brincava no tapete da sala com um menino, nosso vizinho. Os dois tinham por volta de 3 anos. Vitor tinha passado por nós cheio de revistinhas na mão, trancando-se em seguida no banheiro. Eu escutava a conversa de Maria Inês com o menino e traduzia, simultaneamente. Me exercitei tanto em funcionar num duplo registro, que acabei adquirindo essa capacidade. Mas nesse dia, o menino dizia que o pai dele havia dado um carro novo pra ele, e que também o pai ia comprar um caminhão vermelho que ele queria, que o pai trazia bala todo dia pra casa, e que ele ia viajar com o pai...

— Eu também tenho pai, não é, mamãe?

Escutei a vozinha de Maria Inês.

— Claro! — eu disse, e me perdi no que estava lendo. Não fui verdadeira com minha filha. Ela não tinha pai. Pai era outra história. Pai é com história.

Lembrei de Lucila; não havia telefonado para ela. Liguei para me desculpar. Ela queria me contar que sua filha iria se casar, e fazia questão que eu estivesse presente ao casamento. Seria uma cerimônia simples, para trezentas pessoas. E ela gostaria também que minha filha pudesse ir, regulam em idade as duas, não é mesmo?, disse, e depois perguntou se Maria Inês havia casado de novo. Que beleza aquele casamento de sua filha, não é mesmo? Chiquíssimo! Aquele seu genro era muito charmoso... Foi a família dele que ofereceu a recepção, não foi? Me lembro. Também... um casal riquíssimo... Mas foi uma sorte, não é mesmo? Mas eles eram muito moços. Que idade tinha sua filha? Ele devia ser um pouco mais velho... E sem esperar pelas respostas, ela prosseguia. No final do telefonema, Lucila disse que tinha uma surpresa, e contou, cheia de pausas, que a filha ia lhe dar a alegria de se casar com o mesmo vestido com que ela subira ao altar.

— O das bodas dos 40! Não é uma beleza?...
Uma beleza.

Saí rápido do telefone, e fui para o quarto me vestir. Não gosto de deixar ninguém esperando. Maria Inês surgiu na porta. Nem a tinha visto chegar...

— Está se arrumando tanto pra quê? — perguntou ela.
— Vou sair.
— Onde você vai?
— Trabalhar.
— Ah... já sei, vai mostrar de novo o apartamento... O que está acontecendo entre você e esse cara?
— Como, o que está acontecendo? E o que poderia estar acontecendo, Maria Inês?
— O batom é pra ficar fora da boca?

Voltei ligeiro ao espelho, já estava atrasada. Que trabalheira. Estava, de fato, com excesso de batom. Como não tinha visto? E de blush também. Apesar do incômodo — depois de uma certa idade —, as filhas são necessárias.

Por falar em incômodo, que cinta essa que eu tinha comprado... Mas agora não ia trocá-la senão começava o suadouro. Com a idade parece que as coisas ficam interligadas. Mexe-se numa, e a outra se altera. Dessa vez, eu iria com um conjunto café, para variar a cor. O cabelo não estava nada bom, eu começava a ter falhas no couro cabeludo, e de nada adiantava mudar o penteado de lado, se eu podia chamar de penteado o que fazia com o uso do secador... Como tudo isso cansa! Melhor seria optar por um amor platônico, mais condizente com a minha idade, e não iria requerer todo esse aparato. Inútil. Quem disse que aquele homem tinha interesse em mim? Regina é muito imaginosa. Talvez o álcool tenha levado seus melhores neurônios. Por que fui contar para ela?...

Esqueci de chamar o radiotáxi!, tudo por causa daquele breve encontro com Maria Inês, que voltara mais cedo pra casa — com cólicas. Adeus, neto! Vinha subindo um táxi, vazio, felizmente!

E lá estava o interessante Alencar em frente ao prédio! De camisa social branca — como da outra vez? E como lhe assentava bem. De longe, ele tinha percebido que devia ser o táxi que me trazia, porque se adiantara para abrir a porta. Tudo de que uma senhora precisa: um cavalheiro.

E foi com a testa porejando que cruzei a portaria.

CAPÍTULO 10

Alencar levara uma trena de bolso para fazer as medições no apartamento. Mal entramos, ele começou a tirar medidas e a anotá-las num bloquinho. Levantava e abaixava com uma agilidade espantosa. Devo ter me equivocado nas contas, temos mais de dez anos de diferença. De vez em quando ele me olhava de canto de olho, com um meio sorriso. Eu poderia ficar ali, de pé, observando-o, durante muito tempo. E o tal café? Será que eu teria coragem para convidá-lo? De tomar a iniciativa? O que ele pensaria a meu respeito? Ele agora se agachava na pequena área de serviço, dando continuidade à medição. É muito atento ao que faz. De novo, no abaixar e levantar. Um atleta. Deve ter sido atleta, e parece que os exercícios permanecem no corpo enquanto se vive. Dizem. Eu fiz natação, quando menina, por causa de um desvio na coluna, mas ao ser convidada a participar de uma competição, meus pais me retiraram do clube. Nunca fiquei sabendo a razão. Adeus piscina e adeus colegas. Lembro de um garoto que me acenou saltando do trampolim. Do menino que ficou no ar.

— O sofá dela — Alencar referia-se à filha — é grande, mas cabe nessa parede daqui, e ainda dá uma mesinha ao lado... — mostrava, alegre e arfante.

Errei de novo nas contas. Ele tinha um bom preparo físico, mas já devia estar na casa dos 60, a não ser que tivesse enfisema.

— Você fuma?

Tangenciei o tema.

— Sou ex-fumante. Deixei faz sete anos, mas às vezes ainda sinto falta.

— Também fumei e também sinto falta. Cada vez menos, felizmente. Depois disso você deixou de tomar café?

Introduzi o assunto; ele, com as mãos no ar, arrumava o apartamento da filha.

— Ao contrário, acho que tomo mais ainda.

Nesse momento, espanando uma mão contra a outra, ele perguntou se podia usar o banheiro. Claro, respondi. Já devia ter dado por terminada a tarefa. Que pai!

— Podemos ir? — disse ele, voltando do banheiro.

— Vamos.

Como da outra vez, ele abriu e fechou a porta do apartamento, e me agradeceu pela gentileza de o ter mostrado mais uma vez.

Ao chegarmos à portaria, passeando o olhar ao redor, indagou para qual direção eu ia. Respondi que andaria um pouco. Precisava caminhar, fazer exercício; onde eu morava era impossível por causa da ladeira. Ele nada disse, mas saiu andando ao meu lado e, vez ou outra, apontava os percalços na rua, para que eu me esquivasse a tempo. As coisas fluíam. Tive muita vontade de lhe dar o braço, e senti que ele aceitaria de bom grado; devia estar acostumado ao gesto. De vez em quando nossos cotovelos se tocavam, e ele então se afastava, delicadamente. Já havíamos andado um bom pedaço, quando passamos em frente a uma cafeteria, e eu me vi perguntando se ele não queria entrar para tomarmos um café.

— O.k. — disse ele. — Talvez até já possamos comemorar o aluguel do seu apartamento!

O.k. é uma maneira jovem de se expressar. Terei errado mais uma vez nos cálculos? Não importava. O que interessava é que íamos tomar um café — juntos!

Cheguei em casa tão excitada — os vapores do café ainda se faziam sentir —, que não desejava a presença de ninguém mais. Nem de Paulo se ele se materializasse na minha frente. Nem estar com Haroldo, que havia sido o melhor dos companheiros. Fui me deitar. Acho que me apaixonei por Alencar, apesar de — entre muitos sorrisos — termos conversado tão pouco. Me despedi dele dizendo que qualquer dia gostaria de recebê-los em nossa casa. Ele e a filha, que se chama Maria Eduarda. Maria Inês e Maria Eduarda. Dar-se-iam bem?

O telefone tocava.

— Eu podia morrer que você nem saberia, não é?

Era Estela; ao escutar sua voz, tive que espantar algumas névoas.

— Tenho passado situações horríveis. Dolorosas! Calcule que tive que tratar de um canal. Dentário, naturalmente. Hoje em dia, quando vão iniciar o procedimento, para evitar o perigo de infecções, assim dizem eles, introduzem uma espécie de cortinado azul dentro da boca do cliente. Técnicas modernas, você sabe! Em seguida vem a anestesia que, como sabemos, anestesia sobretudo o nariz e a bochecha, de quebra, a boca e, com sorte, o dente. Segue-se a isso o momento da britadeira. Que zumbe dentro da caixa craniana. Enfim, uma sessão de horror. Terminado o tratamento, porque hoje se faz de uma só vez, a segunda etapa por vir, qual seja, a do dentista propriamente dito, até aqui estava sendo tratado apenas o canal, seria colocar a definitiva, sim, porque até então estava com o que eles chamam de provisória. O dentista quer refazer todos os meus dentes, os poucos que sobraram, para que fiquem definitivos. Para quê?, perguntei. Para que eu faça boa figura no velório? Bem, contar me cansa... mas passar por isso foi terrível! Não sei se vou ter saúde para continuar o tratamento... e dinheiro!

Disse a Estela que teríamos que fazer uma pausa, eu não estava me sentindo bem...

O que há com você?...

— Uma dor de cabeça de final de tarde e início de noite. — Não sei por que falei dessa maneira... Ela ficou preocupada. Combinamos de nos falar na manhã seguinte.

Haroldo costumava dizer que Estela se ocupava muito dela mesma. Haroldo era um bom observador da conduta alheia.

Fazia muito calor, e eu trabalhava com o ventilador ligado, fazendo um ruído constante. Os meninos estavam na escola, levantei para me espreguiçar, depois de horas sentada, traduzindo. Como me doíam as costas... Maria Inês, depois de precisar durante algum tempo da minha permanência na escola, para que se adaptasse, já estava indo sem problema. O que significava, sem gritos. Não sei a quem minha filha havia puxado para ser tão escandalosa... Vitor estudava havia algum tempo, tinha deveres e mais deveres para fazer depois das aulas. Nesse momento, em que eu me espreguiçava, o telefone tocou. Era da escola de Maria Inês, a diretora queria falar com a responsável por ela. Apesar de não ser nada grave, disse, precisava falar com urgência. Larguei o que estava fazendo, peguei um táxi, e fui correndo até lá. Soube que, entre outras peripécias — empurrões e mordidas nos colegas —, Maria Inês havia dito que ia dar uma maçã envenenada para a professora. Minha filha iniciava sua escolaridade — como uma bruxinha — assustando as pessoas.

E meu filho? Como estaria? Já saíra de casa? Como devia estar sofrendo... Vitor é muito sensível. Uns sofrem mais que outros, é o caso de Vitor. E ele é tão bom, tão digno, tem tanto valor... Não é por ser meu filho, mas Vitor é um rapaz raro! Essa moça vai se arrepender! Não sabe o que está perdendo... Ele disse que me ligaria, e até agora nada. Maria Inês certamente deve estar informada. Me sinto obrigada a ligar para o trabalho dela:

— Hein? Não pode falar? Está bem. Não vem jantar? Não, estou preocupada com seu irmão.

Era para que eu não me preocupasse. E mais Maria Inês não disse. Eu só não ligava para a casa de Vitor porque tinha certeza de que ele não gostaria. Conheço meus filhos. Mas eles também sabem a mãe que têm. É melhor que eu volte a pensar em Alencar.

Fui para a janela apreciar a paisagem, rememorar o encontro. Tentar me despreocupar de Vitor. Até porque nada havia a fazer. Filhos vão e vêm quando querem. Mais vão do que vêm. Maridos também. Apoiada no parapeito, eu via as nuvens movendo-se lentamente, desenhando formas e, num dado momento, tive a impressão de que formavam a letra A; as cores do crepúsculo inundavam a sala, quando o toque do telefone interrompeu a visão da tarde.

— Preciso te encontrar urgentemente.

A última palavra saiu embolada. Era Alice, e havia bebido. Andava tão descontrolada, coitada...

— Te ligo amanhã pro celular — ainda disse.

— Está bem — respondi, e ela desligou.

O que podia ter acontecido? O marido deve ter descoberto a paixão dela. Haroldo, muitos são os pontos de loucura. É um verdadeiro rendilhado... Uma buraqueira.

Eu almoçava todos os dias na escola alemã e, à noite, comia sanduíche de pão preto com mortadela ou tomate, e tinha que tomar um copo de leite. Papai me obrigava.

— Querr ficarr frraco?... — dizia.

E ele me olhava do fundo dos seus olhos azuis, da cor da piscina em que eu nunca mais pude nadar nem brincar. Depois do sanduíche, papai lia histórias para mim. De uma delas, eu tinha muito medo, era a história do "Homem de areia". Papai dizia:

— *Der sandmann kommt!*

E quase toda noite o homem de areia voltava pela voz de meu pai. Era um homem grande, que caminhava pela praia, encapotado como no deserto, gola levantada contra o vento, todo feito de areia, sem se desmanchar, andando na minha direção. Era horrível, porque eu não sabia o que ele ia fazer comigo. Me arranhar? Com aquela areia dura? A que fica perto do mar? Até que um dia, papai explicou que o homem jogava a areia dentro dos olhos das crianças e elas ficavam com sono e dormiam.

— Não! — gritei.

— Que isso, Marria...

— Não quero mais ouvir essa história! — disse, e tapei os ouvidos.

E comecei a chorar, e papai pensou que eu estivesse

com medo, mas eu estava com saudades de mamãe. Queria que ela voltasse, mesmo que não quisesse mais falar comigo. E ficasse muda, sentada toda torta ao lado da máquina de lavar, olhando para os buracos da parede. Eu não ia ligar, contanto que ela estivesse perto de mim.

— Quero minha mãe! — gritei.

— Ô, meu filhinho...

— Eu quero minha mãe!! — gritei de novo. — Vai buscar ela!... Vai! — Puxava com força a mão de papai, mas ele não levantava da poltrona.

Larguei ele sentado, e saí correndo e gritando pela casa afora, chutando as mangas que encontrava pela frente, ouvindo a voz dele, mas eu não parava de correr e de gritar; já estava rouca e tonta das voltas que eu dava quando entrei na área e encontrei a mesa em que mamãe ficava, me joguei em cima dela. Ouvi os passos de papai e, em seguida, ele disse:

— O papai também sente saudade do Alemanha, Marria...

— Quero minha mãe! — eu soluçava, com o rosto escondido entre os braços, e não lembro de mais nada. Acho que papai me carregou pra cama.

Quando abri os olhos, era de manhã; o porta-retratos que ficava no quarto dele — com a fotografia de mamãe comigo no colo — estava na minha mesa-de-cabeceira.

— E aí, meu filho?...

Vitor ligou! E eu queria que ele me contasse tudo, em detalhes, mas Vitor disse que as coisas estavam bem, que ele já havia feito sua mudança e, no momento, mostrava a casa nova para os meninos. E que eles estavam correndo de um lado para o outro. Não podia ficar muito tempo ao telefone porque tinha que dar atenção às crianças, mas que eu não me preocupasse porque estava tudo bem.

Depois que Vitor se tornou homem, e saiu de casa, eu nunca mais soube nada sobre ele. O pouco que vim a saber foi por Maria Inês. Na verdade, quando ele era pequeno, eu também pouco sabia. Mas o observava. Meu filho era quieto, reservado, discreto e, ao mesmo tempo, participativo. Tão menino e já um homem! Como dizia Haroldo, Vitor era alguém que tinha sempre a mesma temperatura.

Se deixarem, eu não paro mais de falar do meu filho...

CAPÍTULO 11

Apesar de estar encantada com Alencar, despertada que fora pela sua magnética figura, a melhor coisa que eu havia feito na vida fora me casar com Haroldo. Que não tinha família e dedicara-se integralmente a nós, a mim e a meus filhos. Até quando pôde. Talvez sejamos mesmo muito trabalhosos. Mas agora o que existia era uma lápide com o nome dele que, de vez em quando, eu visitava e onde depositava lírios. Flor da sua predileção. Qual seria a flor da preferência de Alencar? Me ocorreram tulipas; serão elas? Paulo não gostava de flores. E eu prefiro as do campo. Dentre elas, a margarida. Uma florzinha bonita e despretensiosa.

Pensava nos dias que vinham pela frente com muito medo. O velho, misterioso, e antigo medo. Ressurgindo sempre nas mais diversas situações. Amorosas então...

Alice tinha ligado, e marcamos de nos encontrar no mesmo shopping. Precisava falar, disse, ansiosa, e desligou. Me meti num táxi, e em poucos minutos já estava lá.

Um risco, correr tanto assim... Pedi chá de jasmim, enquanto esperava por ela, que chegou pouco depois, apressada, e se desculpando pelo atraso. Alice estava abatida, de rosto lavado, sem maquiagem, e de olhos inchados. Mal sentou, começou a falar, mas precisou interromper, porque a garçonete apareceu oferecendo o cardápio, e se postou ao lado, à espera. Alice agradeceu e devolveu-o, dizendo não querer nada.

— Meu marido soube — disse ela, esfregando os olhos vermelhos. — Não havia mais como disfarçar. Então falei tudo que eu estava sentindo, de uma vez só. Acho que ele não esperava, mas escutou, até o final. Quando terminei de falar, ele disse que eu estava louca. Que tinha mais o que fazer. E que desse jeito não dava para continuar... Não disse?...

E Alice começou a chorar, dizendo-se profundamente infeliz. Que o tinha perdido. Tudo se acabara, e que ele devia voltar para a macaca que voa. Ela se referia à ex-mulher do marido, que era aeromoça.

Fiquei em dúvida sobre o que dizer porque, como sempre, a frase de Haroldo ecoava nos meus ouvidos. O tal ponto de loucura que todos temos, e que tanto prezamos. Um dia Haroldo se estendeu sobre o assunto. Consolei Alice com gestos e palavras amenas. Não podia esquecer que ela já tivera um enfarte. Me pus à sua disposição, para quando quisesse desabafar. Saímos do shopping de braço dado, e combinamos um cinema — um filme de amor imperdível!

Ao entrar em casa, Maria Inês me esperava na sala. Havia tentado ligar para o meu celular e estava na caixa postal. Lembrei que o havia deixado em casa, não sou uma pessoa ligada em celular. Ainda estava de pé, justificando o esquecimento, quando o telefone tocou.

— Ah... Como vai? Tudo bem? É?... Decidiu? Que bom! Sim, claro, vou providenciar os papéis, mas posso adiantar que estão todos em dia. Assim que estiverem prontos eu aviso. Ah, sim, é verdade. Vou anotar o telefone. Diga. Estou, estou escrevendo. Claro! Então até breve!

— O homem alugou o apartamento — disse ela.

— Sim, agora tenho que telefonar para o advogado para ele aprontar os papéis.

— Foi aquele cara que alugou?

— Ele mesmo, mas é para a filha. Ela é quem vai morar.

Maria Inês levantou-se e saiu. Desinteressou-se do assunto. A raiva antiga não dava trégua. Mas que coisa esse ex-casamento de Maria Inês! Daquele momento em diante, eu estava de posse também do telefone do trabalho de Alencar!

Mal pus o aparelho no gancho, ele voltou a chamar. Alencar, de novo! Queria mostrar o apartamento para a filha, mas não desejava me incomodar, se eu podia fazer o favor de deixar a chave na portaria. Assim que ele tivesse um tempinho daria um pulo até lá com ela. Claro, disse, e desligamos.

Dispensando a minha presença, ou não querendo me mostrar para a filha?... O ponto a que eu estava chegando...

Nas férias das crianças subíamos sempre a serra para a casa de minha madrinha, na montanha, que ela nos cedia. A casinha se aninhava entre árvores altas num condomínio que ela chamava de favela de luxo. Eram poucas casas, que se distribuíam num morro. O espaço dentro dela era pequeno, mas cabíamos bem. Numa manhã de julho, em que lá estávamos, eu havia descido para a piscina com as crianças. Maria Inês ainda não sabia nadar, mas Vitor já participava de competições. Não havia ninguém lá embaixo quando chegamos, mas havia sol, e o dia estava um pouco frio. Na extensão do gramado que circundava a piscina espalhavam-se mesas e cadeiras. E flores por toda parte. Próximo de onde eu pus nossas coisas, um jardineiro aparava a grama. Me sentei, de papel e caneta em punho, e resolvi trabalhar, enquanto as crianças se divertiam tomando banho. Vitor correu para a piscina funda, e Maria Inês ficou ao alcance da minha vista, na piscina rasa. Embora ela não pudesse afundar, fiz questão que pusesse a bóia. E ela a pôs sozinha, porque a bóia se abria facilmente na parte de trás. Comecei a traduzir e, de vez em quando, levantava os olhos para vê-los. Volta e meia, Maria Inês vinha dizer alguma coisa, pingando. Eu precisava afastar os papéis quando ela se aproximava. Até que ela começou a pedir para ficar com o irmão. Neguei o primeiro pedido, mas outros vieram, e acabei concordando que ela fosse pra piscina funda, ficar perto de Vitor. Me levantei para avisar a ele. Avisei também a ela que tivesse cuidado com a bóia. Quando eu falava com Maria Inês nunca sabia se ela tinha escutado, porque ela emudecia e seus olhos se arregalavam. Vi quando ela desceu devagar os degraus. Devia estar com medo, porque, do contrário, se atirava. Nem bem os dois desapareceram da minha vista, escutei o grito do Vitor. Saí correndo, derrubando as cadeiras na grama, e, da borda da piscina, vi minha filha afundando em meio a borbulhas; mergulhei em seguida, embora estivesse vestida e de cabelo penteado no cabeleireiro. Naquela época usava-se fazer cachos e mais cachos que, às vezes, duravam uma semana inteira, e era deles que, naquele momento, esguichava água. Apavorada, parecendo um chafariz, voltei para casa com Maria Inês no colo, que também estava assustada, sob o olhar triste de Vitor. O jardineiro a tudo assistiu em completo silêncio. Era muito difícil não ter com quem dividir esses momentos... Os outros também. A solidão com os filhos é uma solidão assustadora. Acho que já fiz referência a isso. Mas não passa. Aliás, nada passa. Atenua, mas não passa.

Dali em diante, abria-se uma perspectiva promissora na minha vida. Talvez não fosse tão difícil assim — como parecia à primeira vista —, estabelecer uma relação com Alencar. A partir de então, algo nos unia, e eu tinha esperança que por muitos e muitos anos. Como também esperava viver até lá. Eventualmente, teríamos que entrar em contato, e o primeiro telefonema, desta vez, devia partir de mim, tão logo estivesse com os papéis nas mãos. Seria bom agilizar logo a papelada.

— Falando sozinha?... — disse Maria Inês, arrumando as coisas para ir para o trabalho.

— E como.

Precisava consultar o advogado. Será que ele estaria no escritório a essa hora?...

— Vai continuar?

— Por onde andará João Batista, Maria Inês?

— Viajou com a mãe.

— E você não quis ir?

— Tchau, estou indo. Pode continuar a conversa...

Esperei que ela saísse para ligar para Regina. Assim que Regina atendeu, perguntou sobre as novidades, e eu contei tudo. Tintim por tintim. Ela riu, e disse que com esse meu jeito eu ia longe. Qualquer dia eu daria aula de como se conquistar um viúvo em poucas semanas! Ia fazer fila na minha porta!

No dia seguinte, Alencar voltou a ligar. Quantos telefonemas! Queria dizer que a filha tinha adorado o apartamento. Você não imagina como ela ficou feliz... Devo a você ter encontrado o apartamento para ela, dizia, entusiasmado. E ele falava com tanta alegria, que a minha assomou e, sem sentirmos, fomos subindo de tom; e se continuássemos a conversa, acho que em pouco tempo estaríamos falando com voz de falsete. Quanta excitação! Desliguei e, sem me dar conta, dei um rodopio e, no meio do gesto, me deparei com a diarista. Perguntei se ela vira o catálogo, que eu procurava havia muito tempo. A moça não fez menção de sair do lugar.

Não é de bom-tom dançar pelos ares diante de empregados. Fui para o quarto. Vibrar sozinha. Meus olhos brilhavam absolutos no espelho. Desde o primeiro instante a voz de Alencar me estremecera. Tirei a roupa, vesti o penhoar e, afofando os travesseiros, quase me atirei na cama se, num átimo, não tivesse me ocorrido a coluna... Deitada, vendo o Cristo, pensava que já não era tão longínqua a possibilidade de uma aproximação com Alencar. Talvez estivéssemos mais próximos do que eu supunha. Seria uma mudança na vida extraordinária. Um deleite! Estava com vontade de tomar uma cerveja preta para comemorar a naturalidade com que as coisas caminhavam...

A diarista bateu na porta do quarto. Me levantei para abri-la:

— Tem um camundongo correndo na sala — disse ela.

Ia começar a falar de coisas que não consigo levar adiante; contar, por exemplo, sobre o primeiro casamento de Maria Inês, com o belo Conrado, mas a moça interveio.

— É um morador — eu disse.

A moça continuou na minha frente, imóvel, como quando tinha me pego em rodopios.

— Não se preocupe. É o Jeremias. Está aqui há muito tempo — ainda disse. Pedi licença e voltei a fechar a porta.

Na nossa casa, de vez em quando, eu escutava um barulho entre as folhagens do jardim.

— Non pega o bicha, Marria! — papai dizia, quando eu tentava pegar o gambá.

Queria tanto fazer um carinho nele, mas papai não deixava, e o gambá também escapulia. Mas só ele aparecia lá em casa, ele e os passarinhos. Eu corria atrás deles, mas nunca conseguia alcançá-los. Um dia, guardei uma rolinha morta debaixo da minha cama. Papai entrava no quarto e dizia:

— Que cherro é essa, Marria?

Eu abria as mãos para mostrar que não sabia, e ele então saía do quarto.

Num desses dias, em que eu não estava fazendo nada, como sempre, escutei um vozerio vindo lá de baixo. Corri para a janela, grudei os olhos no vidro, e vi as coisas da casa de Dolores na calçada. O sofá, a cadeira de comer do irmão dela, a mesa... Fui correndo chamar meu pai, que estava na varanda, cortando as unhas dos pés.

— Que é, Marria?...

— Vem!... — eu disse, e corri de volta para a janela.

Logo ele veio. Nesse momento, os pais de Dolores nos viram e acenaram para que descêssemos.

— Que poquentaçon!...

— Vamos, pai, vamos... — puxei-o pela mão.

— Já vai, filho...

Descemos a ladeira de casa devagar, porque tinha chovido, e papai estava com medo de escorregar — apesar de eu querer correr —, e fomos ao encontro deles. Milamor estava com duas bonecas apertadas contra o peito, e seu irmão batia palmas no colo da mãe, que não parava de falar com os homens que entravam e saíam da casa, carregando os móveis. O pai de Dolores, se aproximando de papai, disse que eles estavam de mudança, e continuou dizendo coisas para o meu pai, que eu não entendia. Acho que ele disse o nome de uma cidade, mas não me lembro o nome dela. Papai já estava querendo voltar pra casa porque ele não gostava de conversar com ninguém, só com as pessoas da colônia, que falavam em alemão. Perguntei à mãe de Milamor se ela ia embora. Claro, respondeu, e eu vou deixar *mi amor* para trás?... E mesmo com o colo ocupado pelo bebê, ela se inclinou e apertou a filha num dos braços. Papai e eles falavam diferente das outras pessoas, mas eu falava igual a todo mundo. De repente, entraram todos no carro, e eu não vi mais Dolores, o carro se afastou rápido; e papai me puxava pela mão, para que voltássemos pra casa, mas eu me agachei na rua e gritei:

— Tchau, Milamor! — E as bonecas apareceram na janela, se balançando.

CAPÍTULO 12

A diarista bateu na porta do meu quarto para avisar que meu filho havia chegado. Vitor estava lá em casa? Sem ter avisado? Me apressei para ir ao seu encontro.

— Que surpresa, meu filho, você aqui... — disse, abraçando-o. — Estou sempre com saudades, você sabe... (O que será que tinha acontecido?...) Quer um cafezinho?

— Tomei antes de vir pra cá; obrigado, mãe.

— E aí, meu filho, está tudo bem?...

— Tudo bem.

— E os meninos, como estão?

— Bem.

— Você almoça comigo, não é?

— Não tinha pensado nisso...

— Vou avisar à moça para pôr seu prato na mesa. Já volto — disse.

Por que Vitor teria chegado sem avisar? Nunca havia feito tal coisa... Ele estava com a fisionomia estranha. Meu filho teria encontrado outra pessoa? Avisei a diarista e voltei para a sala. Ele me olhava com um meio sorriso.

117

— Onde estávamos? — perguntei.

— Você tinha perguntado pelos meninos.

— Ah, sim!... E você tem estado com eles?

— Sempre que possível.

Apesar de Vitor não se queixar, eu tinha certeza de que devia ser muito dolorosa a separação dos filhos. Ele tem verdadeira paixão pelos meninos. E sofreu a vida toda com o afastamento do pai.

— Você e Telma têm se falado?

— Quando há necessidade.

Agora estava certa de que ele tinha algo a falar — e não era sobre a separação recente e os filhos —, mas estava hesitante, sem saber como começar. Decidi abreviar o caminho:

— O que está acontecendo, Vitor?

— Não sei como te dizer, mãe, mas, com a mudança, tive que mexer em muita coisa, e acabei encontrando uns papéis antigos da nossa família... E esses papéis, lidos em conjunto, me levaram a pensar na história do meu avô... Você sabe como ele veio parar aqui?

Tinha certeza de que esse dia chegaria, que um dos meus filhos perguntaria sobre isso. No decorrer da vida, algumas pessoas já me haviam feito essa mesma pergunta.

— Sim, Vitor, claro que sei.

— Por isso você passou a infância isolada — ele continuava.

— Provavelmente eles tinham medo de que alguma coisa acontecesse comigo.

— Como você soube? — disse ele.

— Soube de quê? O que você está querendo insinuar, meu filho?... — Terrível, ter um pai sobre quem recaem suspeitas... — Seu avô teve que vir pra cá por causa da guerra, Vitor, para escapar dela. Justo para não compactuar com o que acontecia. Os que lá ficaram, eram obrigados, por uma questão de sobrevivência. Era isso o que você queria saber?...

Ele me olhava, sem responder. Permanecemos segundos em silêncio, quando então, eu disse:

— Seus avós eram muito reservados, Vitor, inclusive entre eles a comunicação era rara, mas eu sei o quanto sofreram. E meu pai foi uma das poucas boas lembranças que eu tive quando criança. Minha infância foi muito triste, meu filho. Minha vida adulta, com alguns intervalos, também. Agora estou tendo um pouco de alegria. Sou uma mulher com quase 60 anos, que ainda tem alguma esperança...

Ouvimos barulho de chave na porta.

— Sua irmã está chegando.

— Que cena familiar é essa?... — Maria Inês entrou dizendo.

— Seu irmão fez essa surpresa, de vir almoçar conosco. Pelo visto, você também...

Maria Inês abraçou o irmão, beijou-o, mas disse que a cabeça dela estava explodindo. Iria se deitar. Quando ela saiu, a diarista avisou que o almoço ia para a mesa. Nos sentamos, Vitor e eu, e logo depois de nos servirmos, ele perguntou — mudando de assunto — se eu não havia sido feliz com Haroldo. Percebeu o mal-estar que as perguntas sobre o avô me causaram.

— Com Haroldo eu tive paz, muita paz. E paz é paz, Vitor. Alegria, emoção, esperança, são coisas diferentes. Nos trazem vida! Que é o que está acontecendo agora, quase aos 60...

Depois do que disse, achei que ele podia perceber alguma coisa... Eu precisava ser cuidadosa, senão dentro de pouco tempo todos saberiam o que estava se passando comigo. Vitor voltou a mudar de assunto. Passou a falar sobre coisas funcionais, sua especialidade, e seu forte. E eu o escutava. Nunca havíamos conversado sobre assuntos pessoais. Ele sempre se esquivara deles; não era diferente de outros homens. Apesar da perturbação trazida pela conversa sobre coisas passadas, eu estava feliz em desfrutar da companhia do meu filho. Uma raridade.

Vitor não saiu contente, tampouco eu fiquei bem. Nos despedimos na porta do elevador. Com afeto, porém sem alegria. Esperava nunca mais termos aquela conversa. Voltei a entrar em casa. Como meu filho era capaz de suspeitar do próprio avô?... E que papéis eram aqueles? Ouvi o toque do telefone. Era a minha madrinha:

— Minha língua cresceu. É muito estranho... Certas palavras eu não consigo mais pronunciar, porque a língua atrapalha a locução. Só me faltava essa... um problema dentro da boca! Será que ela voltará ao tamanho normal ou continuará a crescer? É tudo uma loucura... nada nos dá sossego nessa idade, o corpo não pára de dar sinais...

Agora que estou conversando com você, sinto que estou conseguindo articular algumas palavras, mas antes do telefonema era uma verdadeira agonia... Acho que esse crescimento súbito se deu mais do lado direito do palato. Enfim, as coisas comigo estão nesse pé. Espero que melhorem. Com você está tudo bem, não é, minha filha? Um beijo. — Estela desligou. Não precisei dizer nada, como sempre. Mas foi bom ela ter telefonado, me distraiu do que eu estava pensando. A velha casa paterna.

O interfone tocou, era o porteiro para avisar que tinham deixado um envelope pra mim na portaria, ele queria saber se podia pôr no elevador. Disse que sim, e a diarista foi buscá-lo. Eram os papéis do apartamento. Liguei imediatamente para Alencar. Ele não estava no telefone que me havia dado, mas me disseram o número do seu celular, para o qual, em seguida, eu liguei. Ele atendeu, mas não reconheceu a minha voz, o que era perfeitamente compreensível, visto não termos nos falado antes pelo celular, e eu lhe disse que já estava de posse da documentação. Como ele queria fazer?, perguntei. Alencar disse que agradecia imensamente, mas que mandaria buscá-los. Estava muito atarefado para vir pessoalmente. Pena. Se fosse ele a buscar podia dar uma subidinha e tomarmos outro café. Em casa. O que daria um cunho diferente à nossa relação. De qualquer forma, nos veríamos quando da assinatura do contrato. No horizonte, o encontro seria inevitável.

Me assustei ao sentir alguém pegar no meu braço. Era João Batista, que tinha chegado silenciosamente, como é do seu feitio. Havia algum tempo não sabia dele. Me beijou, se desculpando pelo susto.

— Precisei resolver uns assuntos de herança com minha mãe — disse ele.

— Herança é sempre bom...

— Mais ou menos, está meio enrolado por causa do inventário do meu pai, que até hoje não ficou pronto.

— Essas coisas demoram...

João Batista tinha entrado na nossa vida de mansinho e eu esperava que nunca fosse embora. A cada dia eu o apreciava mais. Me trazia algo da paz de Haroldo. Um bom homem. Já comentei, começo a me repetir. Mas com Maria Inês, nunca se sabe, é de rompantes. De uma hora para a outra terminava os relacionamentos. E não queria mais ouvir falar no assunto.

— Maria Inês já chegou? — perguntou ele.

— Está no quarto, com enxaqueca. Acho que ela precisava ver isso, estão muito freqüentes.

— Com licença, dona Maria, vou lá dentro ver como ela está.

Esse João Batista é um achado. Que sorte Maria Inês dá com esses moços...

Eu estava fazendo os deveres de casa, deitada de bruços no chão da sala, trocando as estações do rádio com os dedos do pé, e com a boca entupida de caramelo, que eu havia comprado no colégio, esperando meu pai voltar do trabalho. Não podia espiar pela janela nem chegar até a porta, porque ninguém podia saber que havia gente em casa. Senão vinham me pegar e a carrocinha de cachorro ia me levar.

— Todo cuidado é pouca! — papai não se cansava de avisar.

Depois que a família de Dolores se mudou, levando-a com eles, eu passei a vir do colégio direto pra casa. Não parava para falar com ninguém, não virava a cabeça quando me chamavam, ou escutava assobio, e subia a ladeira, reto até chegar em casa. Mesmo se eu encontrasse um cachorrinho pelo caminho não podia me abaixar pra brincar com ele. E se eu visse algum conhecido, devia fingir não ter visto. Meu pai não deixava. E ao entrar em casa, tinha que trancar a porta e não podia atender o telefone. A casa tomava conta de mim, ele dizia.

Nesse dia, quando papai voltou do trabalho, disse que o carteiro tinha trazido uma carta pra mim. Quem teria escrito? Algum parente lá da Alemanha?... Papai esticou o braço e me entregou um cartão coberto de flor. Não havia um cantinho dele sem flor. E atrás do cartão estava escrito:

"Um beijo, Dolores."

Milamor! Me abracei com o cartão e corri para o quarto. Entrando, fechei a porta, me encostei nela e vim escorregando até cair de bunda no chão — olhando para as flores! À noite, pedi emprestado a papai o travesseiro de mamãe. Pus o cartão em cima dele, me deitei, e nos cobri.

No dia seguinte, pedi a meu pai para que ele comprasse um cartão com bonecas, uma de cabelo preto e outra de cabelo louro — como Milamor e eu — para eu mandar para Dolores. Ela estava esperando, também disse.

— Está bem, pai?

— Como posso saberr enderreço!?... — ele disse, nervoso, levantando os braços.

Chorei — debruçada na mesa em que minha mãe ficava triste —, molhando todo o braço.

Fui tomar banho antes de dormir. Havia sido um dia cheio e tenso. Apesar do prazer em estar com meu filho, a conversa me incomodara. Vitor estava inteiramente enganado, com suspeitas absolutamente infundadas. Mas o que mais me entristecera, fora ele ter desconfiado do avô... Tentando relaxar, debaixo do chuveiro, escutei o telefone tocar; a secretária pegaria o recado. Fiquei um tempo dentro do boxe, vendo a água escorrer pelo corpo; precisava intensificar as caminhadas, embora Maria Inês insistisse para que eu entrasse para a academia. Ela conhece várias senhoras que são freqüentadoras assíduas. Atualmente ninguém quer envelhecer. Tem-se pavor da velhice. Sempre houve esse medo, mas hoje em dia existem meios senão para contorná-la, pelo menos para atenuá-la. Parece que a proposta é passar da juventude à decrepitude. O envelhecimento foi descartado do calendário oficial, como totalmente fora de moda.

Saí do banho, e depois de ter posto a camisola, fui ouvir

o recado. Vitor teria ainda algo a dizer? Maria Inês já tinha ido se deitar com João Batista; como precisavam acordar cedo, deviam ter pegado no sono. Alencar não me ligaria a essa hora. Finalmente encontrei o botão para ouvir a mensagem, tinha esquecido de pôr os óculos.

— Maria, é Paulo que está falando, você deve estar estranhando a ligação, mas eu gostaria de entrar em contato. Se você não quiser me receber, eu entendo, mas gostaria de ver meus filhos. Anote, por favor, meu telefone. Obrigado. Um abraço.

Paralisada diante do aparelho, escutei nem sei quantas vezes a mensagem.

CAPÍTULO 13

Passei a noite em claro, sentada no sofá da sala, com os fantasmas à solta; chorando, como há muito eu não fazia. Abalada por muitas coisas, e o telefonema fora apenas o remate de todas elas. As lembranças, barulhentas, corriam esbaforidas pelas ruas, se acotovelando, disputando a primazia da chegada. As pessoas fugiam em desespero. Eu havia cochilado; me enrolei na manta e continuei ali, escutando os pequenos ruídos da noite — sozinha e vaga —, numa madrugada fria. Com medo, sempre ele, invariável, me assombrando em proporções desmedidas.

Nós três chorávamos, Maria Inês, no meu colo, Vitor, agarrado à minha camisola, e eu, enquanto o carro de Paulo se afastava na rua escura e infinita. Tentei correr atrás dele, desesperada, na esperança de que ele voltasse. Mas o tempo da volta passou, e eu tive que retornar pra casa com meus filhos. O porteiro nos esperava com a porta de vidro aberta. Trôpega, desolada, passei por ele com as crianças também em prantos, e o homem disse que seu Paulo ia voltar — ele tinha certeza —, às vezes acontecia de ele ficar nervoso. Entramos no elevador, e fomos parar no décimo andar; eu tinha apertado o número errado. Mas não estava conseguindo raciocinar, e não parava de soluçar, apesar de saber que precisava me controlar por causa das crianças. Ao chegarmos em casa, pus os dois na minha cama, e dormi embolada com eles. Acordamos prostrados, Vitor e eu — Maria Inês cantarolava —, e nunca mais fomos os mesmos.

— Já acordou?
Maria Inês tinha entrado na sala.
— Não dormi. Mas agora vou me deitar um pouco.
— Por que você não dormiu?
— Preocupação.
— Com quê? Conosco, não é?...
— Estou cansada, Maria Inês.
— Se o telefone tocar você atende?
— Deixa a secretária pegar os recados.
— O que aconteceu com você?...
— Insônia, já disse.
Fui para o quarto. Me sentindo terrivelmente cansada. Deitei, mas ainda não estava com sono; pela fresta da janela eu via o sossego do céu. E tudo desperto dentro de mim. Como eu iria falar com meus filhos sobre o telefonema de Paulo? E mais, que ele queria vê-los. O que teria acontecido, transcorridos trinta anos, para ele querer saber

de nós? Não podia imaginar que durante todo esse tempo tentamos a construção de uma ruína? Maria Inês não convivera com ele, e Vitor era pequeno, mas se lembrava perfeitamente do pai. Será que Paulo tinha noção do quanto havíamos sofrido, e que cada um de nós tentara lidar da melhor forma com a ausência dele? Que as coisas, mal ou bem, se assentaram? E que seria melhor não mexer nessa triste história? Não há resgate do que não aconteceu. E nada justifica o abandono. Nada. Onde tinha andado seu coração durante todo esse tempo?, tive vontade de perguntar, ao escutar sua voz no telefone. O que ele ainda esperava? Mãos para recebê-lo? Me vi outra vez, como em inúmeras noites, naquele momento desesperado, no meio da rua escura com meus filhos, e Paulo fugindo de nós. Vitor estava vivendo momentos difíceis com a separação, e Maria Inês, no início de um casamento. Paulo abria o túmulo e nos espiava.

A diarista bateu na porta, dizendo que a secretária ficara com o som alto, e que tinha dois recados do seu Alencar. Disse que depois eu ligaria, e que ela não voltasse a bater na minha porta, porque eu ia descansar. Tentar não morrer mais uma vez.

Onde estamos? No Borusso, Vitor. Sua irmã está dentro da boca daquele cachorro, vai lá e chuta o quadril do elefante. Não corre, motorista, não está vendo um bebê aqui? Acabou de nascer... e Paulo bateu com o regador na minha cabeça, porque a casa estava cheia de plantinha. Um pássaro ria, porque papai atirava coquinho na cabeça dele.

Que horas seriam?... Já estava escuro! Precisava sair da cama. E ligar para Alencar... No mínimo, ele devia estar pensando que eu tinha desistido de alugar o apartamento. Mas antes de telefonar eu precisava estar bem acordada. Voltar a me conectar. Como é difícil se ter alegria...

— Alô! Sim... sou eu. — Reconheceu minha voz?... — Desculpe a demora para responder. Teve tempo de ver os papéis? Ah, seu advogado já examinou... Está, está entregue a uma administradora. Vou te dar o telefone de lá. Espera um pouquinho... — Os óculos? Onde estarão eles? Ah, no banheiro... — Pronto, voltei. Quer anotar?...

Estive tão empolgada com Alencar, que esqueci que o apartamento estava entregue à administradora. Não haverá encontro para a assinatura do contrato. Mas com os problemas que tenho de enfrentar, é melhor adiar o prazer. Tinha obrigação de contar para os meus filhos que o pai deles havia ligado, querendo vê-los. Não sabia se devia falar antes com Vitor, ou com Maria Inês. Ou com os dois ao mesmo tempo. Caso a conversa fosse em separado, com qual dos dois eu falaria primeiro? Talvez fosse mais fácil começar por Maria Inês. Mas a sós, sem a presença de João Batista, assim ela ficaria à vontade para reagir com bem entendesse. Que coisa difícil. Mas que vida difícil!

Liguei para o trabalho dela:

— Não, não estou doente, minha filha. Preciso conversar com você, já disse, só nós duas...

— Por que o mistério?

— Mais tarde a gente se fala.

Pronto, já havia combinado com Maria Inês. Mas eu estava mais preocupada em conversar com Vitor. As conversas com ele sempre foram mais difíceis.

Quanto a mim, eu não me encontraria com Paulo. Por todos os motivos. Além do mais, não queria que ele visse que eu me transformara numa senhora náufraga. Mas meus sonhos não envelheceram, continuavam tão vigorosos quanto a jovem que eu fui. Quando cresci, meu pai me deu um barco, um *laser*, fácil de manejar. Foi o melhor presente que eu ganhei na vida. Mas papai não deixava que eu convidasse ninguém para andar de barco. Mal sabe ele quantas vezes Paulo me fez ver estrelas, ao cair da noite, no meio da baía... Antes de conhecê-lo, eu passava horas velejando sozinha, acompanhando as piruetas das gaivotas, numa solidão ensolarada, onde só havia pássaros, espuma e ondas. Parecia que eu era feita de sol e vento. Quando Paulo me conheceu — até pensou que eu não falasse português —, me chamou de tedesquina, e nunca mais deixou de me tratar assim. Depois de namorarmos durante algum tempo, passamos um longo período sem nos vermos, quando eu fui estudar fora, embora trocássemos cartas diárias. Mas estou adiantando os acontecimentos...

Assim que Maria Inês chegou do trabalho, postou-se à minha frente. Estava curiosa. Pedi que ela se sentasse. Aos poucos, comecei a introduzir o assunto. Parecia que as palavras estavam trêmulas, dentro de mim, mas saíram seguras e delicadas, felizmente. No fundo, eu gostaria que

Paulo e Maria Inês se encontrassem. Queria que ele conhecesse a bela filha que tinha. A moça bonita e a profissional competente. Mas mal acabei de falar, Maria Inês disparou:

— Não tenho pai. O que me pôs no mundo não me quis, e o que me quis não está mais no mundo. Pra mim, é assunto encerrado. Você está precisando de alguma coisa da farmácia? Vou fazer um pedido pelo telefone.

— Não, minha filha, obrigada.

Estava surpresa com o que Maria Inês havia dito, que seu pai fora Haroldo. De fato, tinha sido ele a cuidar dela, mas ela nunca havia falado tão abertamente sobre o assunto. Filhos surpreendem sempre! Mas Maria Inês disse tudo com tanta raiva, que quando saiu da minha frente eu tive vontade de voltar a chorar.

O telefone tocou, fui atendê-lo.

— Meu marido saiu de casa — disse Alice, chorando.

— Tem alguém aí com você? — perguntei.

— A empregada... está passando roupa — disse ela.

— Então venha almoçar comigo, não gosto de comer sozinha. — Uma mentirinha, eu almoçava sozinha todos os dias.

Alice chegou com o rosto vermelho, congestionado, e confusa, coitada! Mal sabia ela o que eu também passava. E eu não iria contar. Quem sabe um dia ela viveria o mesmo? O marido telefonaria trinta anos depois? Muitos homens voltam, a maioria necessitando de cuidados e de proteção. Seria o caso de Paulo? Ele se enquadraria nessa categoria? Só agora tinha me ocorrido essa possibilidade, porque era difícil pensar nele diferente de como o tinha visto pela primeira vez: bonito, alto, charmoso, falante, e com idéias revolucionárias! Um belo rapaz, que um dia me pediu em casamento e fomos infelizes para sempre. Quer dizer, eu não podia responder por ele.

— O que Alice está fazendo deitada na sua cama? — Maria Inês perguntou, assim que saiu do quarto.

Minha filha conhecia Alice desde pequena. E não gostava dela. Maria Inês implicava com todas as minhas amigas.

— Te fiz uma pergunta, escutou?...

— Ah, sim, sobre Alice. Ela está descansando.

Quase perco o fio da meada...

— Descansando?...

— É.

— Vai jantar aqui?

— Ainda não sei.

Maria Inês fez uma careta, e saiu da sala.

— Você quer mesmo se casar comigo, Haroldo? Tem certeza? Sabe que eu já fui muito infeliz, não sabe? Já te contei. Tenho muito medo de casamento, de que as coisas voltem a desandar... Desmoronar, melhor dizendo. Sabe também que eu tenho dois filhos, e que criança dá muito trabalho... Se bem que Vitor já está crescidinho, mas Maria Inês é uma pirralha, e ela não é fácil. Já quase se afogou duas vezes. Não quer pensar mais um pouco? Você tem uma vida tão confortável, tranqüila, sem preocupações... Além do mais eu estou sempre ocupada, trabalhando, traduzindo, já te contei também... Não quer voltar atrás, Haroldo? Hein? Pensar mais um pouco? Tem certeza? Então aceito o pedido! Vamos comunicar aos meninos, acho que eles vão ficar contentes.

Estávamos no cabeleireiro, Maria Inês e eu, porque era o dia do meu casamento com Haroldo. Pouco tempo depois de vivermos juntos, decidimos oficializar a união. Faríamos uma cerimônia simples, o juiz viria em casa, e eu já havia encomendado salgadinhos e o bolo. E convidado amigas.

Eu estava sendo penteada, e Maria Inês, pequena, se encontrava em cima de um banquinho, debaixo do secador, cheia de rolos na cabeça. O salão estava bastante movimentado porque era um sábado à tarde, e além de um rádio ligado, falava-se muito alto. Eu controlava Maria Inês pelo espelho; ela estava com uma revistinha na mão, embora ainda não se interessasse por elas. Sempre que acabava de vê-las, rasgava-as. De repente, ouvi sua voz alta:

— Minha mãe vai se casar! — anunciou, com a cabeça pra fora do secador, arrancando os rolos do cabelo, tentando escorregar de onde estava.

Precisava ligar para Vitor. Telefonei para o celular dele.

— Vitor, sou eu. Tudo bem? Preciso falar com você, meu filho. Não há pressa, venha quando puder. Não, estou bem — meus filhos acham que eu estou sempre na iminência de morrer —, estou ótima. Não, sua irmã também está bem. Então estou te esperando.

Vamos ver qual será o resultado da conversa com Vitor. E o medo voltou a bafejar forte.

— Gambá!, aparece aí... — bati no vidro da porta. — Olha eu aqui! Está me vendo?... Acho que vi seu rabo. Tá escondido debaixo das folhas, mas eu vi! Papai disse que você tem um cheiro horrível... Aparece aí... Eu não tenho medo. Vem! Olha, está vendo essa boneca aqui?... Meu pai me deu de aniversário. Ela está toda suja porque estava debaixo da cama comigo. Sabe que eu tinha uma amiga que foi embora? Você se escondia no jardim da casa dela também?... Xi. Olha lá a carrocinha!

Corri, com as pernas moles, e me escondi debaixo da cama de papai. Por que ele estava demorando a chegar? Já ia ficar escuro... Eu estava com tanta vontade de fazer xixi... mas não podia me mexer senão o homem da carrocinha vinha me pegar e eu ia virar sabão. Chega logo, pai!! Corri tanto que caí e bati com o joelho na beirada da cama. O telefone estava tocando, será que era o homem ligando pra cá? Por que meu pai não chega!? Ai!, tem uma aranha pendurada aqui, sai!... Eu ouvia o barulho do relógio da sala, tic tac tic tac... Pronto, o telefone tinha parado de tocar. E se eu gritasse? Papai chegaria mais depressa? Um dia, o grito de uma menina apareceu lá no alto do morro, atrás da nossa casa — eu vi quando ele chegou lá em cima, estava com pressa e tinha o peito estufado, desceu a ribanceira correndo, e chegou na área. Mamãe — sentada, segurando o queixo com a mão, esperava a máquina de lavar bater a roupa — tapou os ouvidos. De perto, vi que ele tinha cabelos em volta dele, arrepiados. Meu grito podia descer a ladeira e se espalhar pelas ruas, até chegar ao trabalho do meu pai e entrar no ouvido dele feito um mosquito com dentes. E se o homem da carrocinha escutasse?... Saí de debaixo da cama, corri até a porta, tropeçando, e gritei:

— Vem, homem da carrocinha! Vem me pegar! Anda! Vem!... — e voltei correndo para o esconderijo.

Pronto, o homem vai entrar aqui, derrubar a porta e quebrar todo o vidro dela, e me pegar e me arrastar ladeira abaixo, e minhas pernas vão se arranhar, o sangue esguichando delas — sei como o sangue esguicha —, aí ele vai me sacudir de raiva, e minha pulseira vai se arrebentar de encontro ao muro, e quando ele chegar lá embaixo ele vai me levantar pelo braço e me jogar dentro da carrocinha, aí... Pronto, fiz xixi na calça.

CAPÍTULO 14

Como eu imaginava, Alice se levantou, veio até a sala, com o rosto inchado, me agradeceu, e disse que tinha que voltar para casa, embora ninguém a esperasse. Estava mais calma, depois que conversamos. Saiu me dando um grande abraço. Nós, mulheres, não somos tão diferentes umas das outras. É quase o mesmo sofrimento — sempre ele, no horizonte.

Passada a avalanche provocada por Paulo, e iniciada pela conversa com Vitor, perdi o sossego. Saí do prumo. Já o havia feito, desde que encontrara Alencar, mas agora era uma saída diferente. Queria tanto me concentrar de novo no sonho, fazer com que ele voltasse a fazer parte da minha vida...voltar a ser uma viúva serena, tranqüila, leitora... Mas os tempos não permitiam. Maria Inês já havia descartado inteiramente a idéia de conhecer o pai. Assunto encerrado, segundo ela. E no seu caso, seria de fato um conhecimento. Era um bebê, quando Paulo a abandonou. Pai, dissera ela, fora Haroldo. O velho e bom Haroldo.

— Vamos, filha, pegar seu velocípede para você passear...

Maria Inês pulava no meio da sala. Aliás, ela vivia aos pulos, porque tentava aprender a pular corda. E eram tombos e mais tombos. Vitor não quis nos acompanhar. Assistia a um programa na televisão. E Haroldo lia jornal. Deixei os dois absortos, e fui dar atenção a quem não conseguia se concentrar. Me levantei, e pus a tradução de lado. Sentia que, de vez em quando, Maria Inês precisava sair, gastar o excesso de energia. Era quando começava a fazer bobagem atrás de bobagem. E eu também precisava dar uma volta, espairecer, estava sentada havia muitas horas. Fomos para a rua, as duas. Ela saltava de alegria quando abrimos o portão do prédio. Logo depois montou no velocípede, e seguimos em direção à pracinha. Ela, no velocípede, e eu a pé; volta e meia eu precisava ajudá-la com o guidão. Logo que lá chegamos, Maria Inês viu, em meio aos brinquedos, uns meninos descendo numa elevação que havia no terreno, e quis fazer o mesmo. Achei que não havia problema, porque, como ela, os meninos eram pequenos. Em instantes, Maria Inês estava caída no chão de terra batida, chorando, com as pernas arranhadas. Corri e peguei-a no colo.

Voltamos em seguida para casa. Ela, chorosa por causa do susto e dos machucados, e eu, empurrando o velocípede. Cheguei cansadíssima, porque Maria Inês já estava pesada para ser carregada durante tanto tempo. Não sabia como eu faria para tratar dos seus machucados, mas

Haroldo felizmente estava em casa. Assim que abrimos a porta, ele percebeu o que havia acontecido, e pegou-a do meu colo, indo direto com ela para o banheiro. Fui atrás. Sentou-se com Maria Inês na beira do bidê, e as perninhas dela ficaram lá dentro. Estavam muito esfoladas. Ele ligou o chuveirinho e ficou brincando com a água. Passado algum tempo, ela também quis pôr a mão dela na água. Já não chorava. Depois de brincarem com os dedos um do outro, respingando o chão do banheiro, Haroldo perguntou se ele podia molhar o pé dela. Maria Inês deixou, e assim ele foi subindo, aos poucos, lavando as perninhas dela, e ela quieta, atenta ao que ele fazia, sem reclamar nem chorar. No ponto em que as coisas estavam, me levantei, e deixei-a aos cuidados de seu pai amoroso.

Vitor havia ligado, avisando que viria almoçar no dia seguinte, para conversarmos. Foi-se o meu sono. Uma noite imensa me esperava. Não sabia qual poderia ser a reação do meu filho. Não seria a exasperação demonstrada por Maria Inês, porque eles tinham temperamentos opostos. Vitor era pacífico, nem sei como Telma conseguira se indispor com ele. A notícia do telefonema talvez mexesse muito com ele, que já se encontrava abalado pela separação. Como repercutiria nele o chamado do pai? Esse pai que surgia após trinta anos de silêncio? E o que eu podia fazer para minimizar o impacto? Transmitir o recado com serenidade. Sim, e o que mais? Tão difícil lidar com os sentimentos de um filho... Paulo não se dava conta de todas essas coisas, e agora fazia essa súbita aparição. Dormi uma noite agitada, acordando várias vezes, ora na cama com Paulo, ora na casa paterna — onde meu pai queria me contar um segredo, mas havia uma labareda móvel entre nós — até que, pela manhã, com o corpo dolorido, tive a impressão de que Haroldo roncava ao meu lado.

— Sua mãe não teve muita imaginação, Maria.

— Por quê?

— Você devia se chamar Ludmila.

— De onde você tirou isso?

— Você daria uma grande Ludmila! Uma fantástica Ludmila! Inesquecível...

— Pára, Paulo!

E ele ria.

— O que tem eu me chamar Maria? Diz!

— Todo mundo tem esse nome.

— E daí?...

Não iria dizer para Paulo que o nome dele também nada tinha de original. Estávamos dentro do barco, num fim de tarde, nos equilibrando, depois das peripécias de um amor náutico — o que se tornara a nossa grande especialidade —, quando ele propôs um "pega". Num *laser*?, gritei, por causa do vento, e me atirei dentro d'água. Paulo mergulhou em seguida.

Fui atender o telefone, antes que a chamada caísse na secretária. Era Lucila, a amiga que não saía da juventude.

Contava, cheia de alegria, que sua neta estava a caminho. Sua filha fizera ultra-sonografia e fora constatado um bebê do sexo feminino: Maria Cândida, o nome escolhido, na verdade, sorteado, entre cinco outros, mas vencera esse último, que era de sua predileção. E ela, a neta, no futuro, se casaria com o vestido de casamento da avó!, Lucila dizia, rindo. Depois, perguntou se minha filha já encomendara o bebê. Não havia novidade, disse. Ela não prosseguiu na alegria e, alegando pressa, desligou.

Eu havia comentado a respeito de Alice que nós, mulheres, não éramos tão diferentes quanto pensávamos. Somos. Sou uma mulher muito diferente de Lucila, ou melhor, com sonhos diferentes dos dela.

Vitor já havia chegado, e estávamos no meio do almoço, quando ele perguntou sobre a conversa. Como Maria Inês, também estava curioso. Eu disse que esperava a moça acabar de tirar a mesa para ficarmos a sós. Ele balançou a cabeça, concordando. Eu precisava ser direta e objetiva na comunicação com meu filho, como ele gostava. Assim que a diarista fechou a porta, eu disse:

— Vitor, meu filho, não sei como você vai receber o que eu tenho pra te dizer... mas seu pai telefonou, e gostaria de te ver.

Ele ia acender um cigarro e parou no meio do gesto, me olhando com uma expressão confusa.

— Quando foi isso?

— Há poucos dias.

— E onde ele está?

— Ele não disse.

— Deixou o telefone?

Entreguei a ele um papel onde eu o havia anotado. O corpo de Vitor se enrijecera, o que sempre acontecia quando ficava nervoso.

— Você quer encontrá-lo?

— Vou, vou me encontrar com ele. Maria Inês já sabe?

Parecia que meu filho havia esperado a vida toda por esse momento.

— Já, mas não quer vê-lo.

Vitor pigarreou.

— E você, mãe?

— Acho melhor também não nos vermos — disse.

Vitor fez todas as perguntas numa voz uniforme, sem inflexão; depois se levantou, me deu um beijo, e disse que tinha que ir andando. Saiu, com gestos lentos, mudo. Em busca de sua raiz, pálida.

— Adivinha quem está chegando?... Quem será?... — eu dizia para Vitor, enquanto amamentava Maria Inês.

— Papai! — ele gritava, e largava o que estivesse fazendo e corria para a porta, segurando a maçaneta, na ponta dos pés.

— Afasta, meu filho, o papai não vai ver você aí atrás...

Vitor se voltava pra mim, com olhos brilhantes. Sempre que Paulo chegava em casa, pegava o filho no colo e o punha em um dos braços, o outro estava ocupado com a pasta de mão. E eu, invariavelmente, estava dando de mamar a Maria Inês. Que demorava a se satisfazer. Paulo dava toda a atenção que um pai carinhoso podia dedicar a seu filho. Brincava durante muito tempo com Vitor, para só depois tomar banho. Ainda hoje, depois de todo esse tempo, me parece inacreditável o desmonte que a nossa família sofreu. De um dia para o outro, Paulo desistiu de nós, sem eu nunca ter sabido o motivo, desaparecendo. Por trinta anos. E agora volta. Só mesmo Vitor para não perder as esperanças de um dia rever o pai. Será que Paulo prestaria contas ao filho?... Fiquei contando os dias para que ele desse notícia do encontro, se bem que Vitor não era de contar histórias.

— Haroldo, você que é um homem experiente, que já foi casado, o que você acha que aconteceu com Paulo para ele ter nos deixado de uma hora pra outra?...

Eu perguntava tudo para Haroldo, e ele, pacientemente, escutava. Nunca demonstrava irritação com as minhas perguntas.

— Não sei, Maria, muita coisa pode ter acontecido.

— Por exemplo?

— Não ter mais agüentado a vida que estava levando.

— Poxa, Haroldo...

— Você não perguntou?

— E o que mais?

— Ter sofrido um acidente, perder a memória, e ir parar num hospital sem documentos.

— Como você pode pensar uma coisa dessas?...

— É uma das hipóteses. Existem outras.

— Quais?

— A que você já deve ter pensado muitas vezes: dele ter se apaixonado por outra mulher.

— E o que mais?

— Ele achar que estava doente, e se afastar para proteger vocês...

— Mas qual delas você acha que aconteceu?

— Não sei. Não o conheci.

— E você não pode imaginar?

— Já disse algumas.

— Não adiantou nada ter conversado com você.

Haroldo ficou em silêncio. Passados alguns instantes, ele quis saber se podia voltar a pôr o som na televisão.

Meu Deus, era Alencar ao telefone, atrás das chaves do apartamento. Como eu podia ter esquecido dele durante tanto tempo? Ele voltou a repetir que não desejava me incomodar, que eu podia deixar as chaves na portaria, ele mandaria buscá-las. Que pena, mais uma vez. Está difícil esse romance ir pra frente, sobretudo agora, com esse tumulto que o retorno de Paulo está causando. Eu ansiava tanto por uma relação nova, tranqüila...

Maria Inês entrava em casa:

— Você e João Batista se mudaram? — perguntei, antes que ela sumisse para o quarto.

— Por que a pergunta?

— Não vi mais nenhum dos dois.

— Não sei se você está percebendo como você está... — disse ela.

— Como?...

— Desarvorada — disse minha filha.

CAPÍTULO 15

— Pega o copo parra tomarr remédio, Marria... sai... o papai vai espirrar... ach!, catarra!... anda, Marria, non demorra, que o febre tá filho-do-puta...

— Toma, pai, já trouxe.

— Sabe, Marria, lá no florresta, tem um camela muito bonita, de olho rredonda amarrela, parrecida com o mamãe, e tem também macaco dos Índia, e muitos qualidade de leon...

— Tem gambá?

— O que você disse, filho?

— Gambá.

— No, non tem, só tem animal grrande trrote. Animal que ando com pescoça reta no florresta. E quando tem manado dele, que vai um trrás do outro...

— O telefone tá tocando.

— Corre, Marria, deve ser mandochuva do trrabalho...

— Desligaram.

147

— O cabeça do papai tá cheio do ferrvurra, fala baixinha...

— Dormiu, pai?

— Quais são as novidades? — perguntava Regina, ao telefone.

— Nem sei como te dizer... Paulo apareceu! Depois de trinta anos de ausência... Lembra dele?

— Deus do céu!... Você não vai querer mais saber desse homem, não é? Olha lá... Deve estar velho e pobre, voltou pra dar mais trabalho ainda, vai por mim...

— Vitor foi encontrá-lo, e deve comentar alguma coisa sobre o pai, se bem que meu filho é muito reservado. Se fosse Maria Inês as chances seriam maiores...

— E o nosso herói atual, como está?

— Pois é, com esse retorno de Paulo, ando tão confusa, que só sei que ele alugou o apartamento e já veio buscar as chaves aqui na portaria. Não sei como vou fazer para voltar a vê-lo.

— Liga pra ele.

— Pra dizer o quê? Não, vou esperar passar a confusão, e aí eu penso em alguma coisa. Do jeito que as coisas estão não consigo me concentrar.

— Ah, esses casos antigos...

— Paulo é pai dos meus filhos, Regina.

— Sim, eu sei. Mas eu quero ouvir sobre... como é mesmo o nome dele?...

— Alencar.

— Ele!

Talvez Alencar não tenha chegado num bom momento, há dez anos seria perfeito, eu estava moça ainda, o *élan* era bem maior, mas agora eu já estou com muita idade, e tão dispersa... A conversa com Regina continuava. Ela então disse que ia desligar porque não tinha nenhuma amiga velha. Que ser velha estava completamente fora de moda.

— Totalmente *out!*, minha cara!

Como estaria Paulo depois de todos esses anos... Deve ter perdido uma boa parte daquele bonito cabelo. Se é que ainda tinha algum... Na época, era moda, moços de topete. Eu gostava quando eles faziam aquele gesto de cabeça para jogar o cabelo pra trás... Paulo era um belo rapaz. E como ele gostava de discursar. Na faculdade, volta e meia, em pleno alvoroço político, trepava num caixote e vociferava contra a ditadura. E discutia com quem quer que fosse que chamasse o golpe de revolução. Paulo se expunha muito. Mas ele dizia que não tinha problema se expor pela palavra. Era vigiado, cercado, mas era como se houvesse um acordo tácito. Claro que teve momentos em que a situação se complicou, mas nunca o prenderam por causa disso. Mas ele foi interrogado várias vezes. Eu vivia assustada durante esse período negro, quando namoramos, porque de vez em quando ele sumia, e teve um dia que ele fugiu, indo se esconder num sítio. Namorar Paulo era uma aventura! Esse era o tempo em que eu me refugiava no barco, tempo de uma bela solidão. Estudei muito a bordo. Por falar em tempo, estou na cama desde cedo, e nada de sono. Querendo que chegue o dia em que Vitor me conte sobre o pai. Agora quem está curiosa sou eu.

Um instante que eu saí, mas um instante mesmo, para levar o artigo que eu tinha traduzido ao correio, quando cheguei de volta em casa a diarista, que ficara tomando conta de Maria Inês, disse que ela tinha enfiado um caroço de feijão dentro do nariz, e que ela, diarista, não conseguira retirá-lo. Com Maria Inês as coisas aconteciam em segundos. Corri para vê-la. Encontrei-a borboleteando à volta do irmão, atrapalhando a brincadeira dele. Peguei-a no colo, e fomos para o banheiro, seguidas de Vitor, que largou instantaneamente a fila de carrinhos que fazia. Flambei minha pinça de sobrancelha, e me sentei na borda da banheira com Maria Inês no colo. A narina com o caroço de feijão estava vermelha e inchada. Pedi que ela não se mexesse, e fui introduzindo, devagar, cuidando para que minha mão não tremesse, a pinça dentro do nariz de minha filha. Precisei pedir a Vitor que ele se afastasse, seu rosto estava quase colado ao da irmã. Tive muita sorte porque, em poucos minutos, tinha conseguido retirar o caroço lá de dentro. Finda a "operação", Maria Inês, que estava aprendendo os números, disse que tinham dois caroços e, deitada ainda no colo, mostrou com os dedos.

Voltei a examinar o interior da tal narina, mas não havia nada, a não ser na imaginação de minha filha.

Acho que vou ligar para Vitor, ele já deve ter se encontrado com Paulo. Como terá sido o encontro dos dois? E meu filho, como terá se sentido? Pensava nisso, enquanto tomávamos o café da manhã; Maria Inês, João Batista e eu.

— Está muito pensativa, hein, dona Maria?

Volta e meia Maria Inês me chama pelo nome.

— Estou aqui pensando em como terá sido o encontro de seu irmão com o pai...

Maria Inês silenciou, e João Batista redobrou a atenção. Ele é muito atento, e discreto, não se intromete, e está sempre presente. Uma presença silenciosa e solidária. Lembra Haroldo (acho que já fiz essa observação). Mas a conversa não prosseguiu. Depois disso, levantaram-se e foram para o trabalho.

Decidi ligar para Vitor; me aproximei do telefone e ele tocou em seguida. Era Estela.

— Há quanto tempo, Maria... Estou sem dar notícias porque, além das inúmeras mazelas habituais, me apareceu uma súbita dor na perna direita. Tenho claudicado com freqüência. Eu, que não tinha nada na perna, a não ser umas poucas fileiras de estrias e trombos desimportantes, fui acometida de uma dor fulminante. Tenho pavor de doenças, você sabe... no armário do meu banheiro não cabe mais nem uma pomada, ando pensando em fazer umas prateleiras extras... O que você acha? Bom, não é mesmo? E com você, está tudo bem? Gosto tanto de trocar umas palavras com você, Maria, ainda que sejam breves. Um grande beijo.

Estela se repete, indefinidamente. Aliás, todos se repetem. Mas tenho que ter paciência, ela já está com 80 anos (e que não me escute...), e inteiramente só. Vou ver se agora consigo falar com Vitor.

— Como vai, meu filho? Tudo bem com você?... Imagino... Como foi o encontro com seu pai? Hein? Ah, sim, está bem. Nesse fim de semana? Eu espero. Um beijo.

Vitor se encontrou com Paulo. Deve ter corrido tudo bem, a voz dele estava boa. Quer me contar pessoalmente. Marcou de vir no fim de semana, está muito ocupado com o trabalho. Meus filhos estão sempre assim, ocupadíssimos! E eu que espere. Espero.

— Maria Inês, sabe que quando eu tinha a sua idade eu era amiga de uma menina chamada Dolores, que eu chamava de Milamor?

— Hã? — fez Maria Inês, toda lambuzada, raspando o fundo da panela de brigadeiro que eu havia feito pra eles.

— Eu escutava a mãe da menina chamando a filha de meu amor e achei que o nome dela era Milamor...

— ...

— Está ouvindo o que a mamãe está contando, Maria Inês? A história da amiguinha?... Ela também tinha um irmão, mas era menor que ela, como era mesmo o nome dele?... Ah!, dom Pedrito... ouviu, filha?

— Xi. — Fez Vitor, pondo o dedo na boca, porque estava assistindo a um programa na televisão.

— Até hoje eu sinto saudades dela, de Milamor. Adorava quando ela cantava...

— Quelo mais bligadelo — disse Maria Inês, e eu falei que ela tinha acabado com tudo.

Ainda não comentei sobre minha amiga Ana Luisa. Faltava ela. Nos conhecemos quando eu fui estudar fora, e ela acabou se casando com um inglês. Morou algum tempo na Inglaterra, mas depois eles se mudaram pra cá, e viajavam constantemente porque tinham muito dinheiro. Depois se separaram, e ele se casou de novo. Mas ela estava fora havia algum tempo, para espairecer. Sofrera um baque forte na vida, por causa do filho.

— É a louca que vive nos ares! — disse Maria Inês, atendendo o telefone que eu não ouvira tocar.

— Não fale assim, Maria Inês...

— Maria, que saudades... Estou chegando hoje de viagem, e ligando para os amigos. Sabe que cada um sofre onde pode... Eu só sei sofrer em Paris. Digam o que disserem. Depois de todo investimento que fiz no meu filho, e você é testemunha disso!, de todo amor, carinho e dedicação, Ed me chamou para uma conversa séria. Odeio essa frase! Ainda não tive uma conversa dessas que me fizesse bem. São todas para testar os nervos! A última foi a do pai dele, pra dizer que se apaixonara por uma tailandesa. Soube que já está falando a língua dela... Mas, bendita culpa!, porque quando ele saiu de casa, deixou tudo pra trás. Até seu retrato sem alma, na mesa-de-cabeceira. Mas foi só eu voltar a pisar nessa terra para me lembrar dos infortúnios... Resumindo: a conversa do meu filho era para revelar que ele era homossexual. Desde os dois anos de idade. Discutimos muito a questão da idade. Como desde os dois anos?, eu gritava. *Tu est fou, Edmond?* Sabe que quando eu me descontrolo não falo em português. Edmond pai, ao saber da notícia, teve um ataque britânico. *Oh, God!,* disse ele. Disse o mesmo, quando minha mãe morreu. Enfim, você já sabe de tudo isso, e sabe também que eu fugi, desolada. Embarquei, de óculos escuros e casaco de pele, totalmente fora de mim, à base de tranqüilizantes e muitos drinques, conduzida pela diarista. Sequer me recordo da entrada no avião. Só agora estou me lembrando de um sonho de passarela, do zumbido do aparelho, do brilho na asa, que quando fiz a primeira viagem pensei tratar-se de um lago infinito. Não sei também quem terá sido a boa alma a me depositar no hotel... Mas acordei lá, felizmente! Voltando à terrível conversa, sei perfeitamente que hoje em dia todo mundo é homoerótico, prefiro essa palavra à outra, é, foi, vai ser, ou sonha um dia experimentar. A tendência atual é essa. E não há como lutar contra a vanguarda. Não sei se te contei que minha sogra era homo. Uma mulher *avant le sexe.* Ed deve ter puxado a ela. Você sabe "quem sai aos seus..." Mas eu tinha outros planos para Edmond, que se foram Sena abaixo. Os buquinistas que o digam. Chorei dias na Pont Neuf, depois, me metia num bistrô e pedia *champagne Don Perignon. C'est la vie!* Até breve, Maria, preciso regular os fusos. Um beijo.

Imagina Haroldo escutando uma conversa dessas... Maria Inês então... Bem, foram muitos telefonemas, chega de história por hoje. Espero que os dias passem rápido, para que Vitor venha me contar sobre o pai. Essa história me interessa. Por que eu ainda queria saber dele? Talvez para escutar que Paulo foi um pouco infeliz. Um pouco.

CAPÍTULO 16

Custei a pegar no sono porque escutava barulhos vindos do quarto de Maria Inês. Não era a primeira vez que isso acontecia, porque quase todas as noites eles se animavam, mas nesta, demoraram a sossegar. Um terrível incômodo, sobre o qual eu não podia dizer nada.

— Então, Vitor, como foi a conversa com seu pai?

Chegara finalmente o tal fim de semana. Estávamos os dois sentados na sala, de frente um para o outro.

— Bem — respondeu, ocupado com seu maço de cigarros.

Silêncio.

— Sim, meu filho, mas como foi?

— O que você quer saber?

— Como foi a conversa com ele, Vitor.

— Foi bem. Eu me lembrava dele, mas ele está mais velho. E continua trabalhando, só comentou que estava levando exatamente a mesma vida que levava antes.

— Antes quando?

— De quando era casado.

— Ele voltou a se casar?

— Voltou, mas agora quer mudar de vida.

Paulo tinha voltado a se casar e a se separar?...

— E o que ele vai fazer?

— Não sei, não disse.

— E o que mais?

— Nada, perguntou sobre o meu trabalho, e aí conversamos um pouco. Depois eu contei que também estava separado. E falei nos meninos. Ele quer conhecer os netos.

— E ele teve mais filhos?

— Mais um casal.

Paulo tem quatro filhos!?

— Você vai conhecer seus irmãos?

— Eles não moram aqui.

— Ele perguntou por nós, por mim e por sua irmã?

— Perguntou.

— Sim, e o que você disse?

— Eu disse que vocês estavam bem.

— É tão difícil conversar com você, meu filho...

— Mas estamos conversando.

— Estamos, está bem. E fisicamente, como seu pai está?

— Do jeito que eu lembrava, mas mais velho, já disse.

— E vocês ficaram de se ver de novo?

— Ele vai viajar, quando voltar, liga; deixei o telefone com ele.

— O encontro foi bom pra você?

— Foi.

Depois daquela conversa com Vitor sobre meu pai — da desconfiança dele em relação ao avô —, algo aconteceu entre nós. Não que alguma coisa tenha se rompido, porque nada se rompe entre mãe e filho, mas causou um estremecimento na nossa relação. O que seria de mim se não fosse meu pai...

Passei o resto do dia com dificuldade de me concentrar, no que quer que fosse. Lembrando do quanto tinha sido feliz com Paulo, da alegria que tive em conhecê-lo, das brincadeiras da nossa relação, e de como sofri quando ele nos deixou. Paulo brilhou e passou. Lembrei também de Haroldo, por quem eu sentia muita gratidão. Embora ele não tenha sido um grande amor, tinha aparecido na minha vida para me curar. E voltei a pensar no meu pai, e na nossa solidão — juntos.

Eu estava mais uma vez debaixo da cama de papai, porque uma menina lá no colégio disse que quando as crianças ficam sozinhas e se escondem, aparece uma fada com um manto azul-celeste e uma vara de condão, e que faz tudo que a criança quer. É só pedir. Por onde devem entrar as fadas? A porta estava trancada. E papai não deixava eu chegar perto dela quando ele dormia. Ele já estava deitado, roncando. Fiquei um tempão debaixo da cama, e a fada não apareceu. Na nossa casa não vinha ninguém. Muito menos fada. Só o gambá, o caracol, que eu já tinha visto no muro, as baratas, e eu ia dizer o camundongo, mas é mentira. Papai não gostava de bicho e não tinha amigos, e não deixava que eu convidasse ninguém para vir em casa. Eu continuava ali, olhando para o chão empoeirado, quando vi, debaixo da janela, as sandálias de mamãe. Fiquei olhando para elas para ver se iam se mexer, nada. Estavam imóveis. Me lembrei dos pés de mamãe dentro delas, um dos mindinhos ficava longe dos outros dedos. Uma vez, entrei no quarto deles e mamãe estava caída na cama — pensei até que ela tivesse morrido, mas ela morreu quando eu não estava pensando —, as pernas dela estavam pra fora da cama e tinha uma gaveta em cima do dedo mindinho dela. Mas mamãe foi embora descalça. Quando perguntei a papai se não iam pôr sapato nela, ele disse que não podia:

— Como o mamãe vai pisarr no nuvem?

As sandálias continuavam ali, velhas e arrumadas, uma ao lado da outra.

— Marria! — ele acordou. Saí rápido, me arrastando, de debaixo da cama.

— Onde você estava?

— Aqui — eu disse.

Papai se levantou de cuecas, largas, e eu vi uma parte peluda do peru dele. Horrível! Ele foi andando devagar em direção ao banheiro, dizendo que ainda estava com sono. Eu andava atrás dele, e antes que ele fechasse a porta, perguntei sobre as sandálias.

— É parra o moça — disse ele.

Hã. Para a empregada.

Todos se foram. Mas agora havia o Alencar! O passo adiante seria entrar em contato com ele, urgentemente, porque sentia meus sonhos em vias de se extinguir. Como viver sem eles? Alencar era o seu disparador. Precisava agir rápido, ser ligeira! Liguei para ele, sem pensar no que ia dizer. Algo me impulsionava a fazê-lo. O afeto que não se encerra. Ele atendeu e não reconheceu minha voz. Mas eu segui em frente. Estava com muita disposição.

— Alencar? Sou eu, Maria. Há quanto tempo... Como vai você? Tudo bem? Sua filha já se mudou para o apartamento? Ela está feliz? — enfileirei perguntas.

Ele foi receptivo. É um homem bem-educado e sensível. Senti forças para convidá-lo para um outro café, num lugar recém-inaugurado, maravilhoso etc. Não sei de onde havia tirado isso... Descobriria depois. Ele silenciou, por segundos. Percebi que notara claramente meu movimento. Meu interesse em relação a ele. Fui acometida de uma certa vergonha, passageira (estava um pouco ridícula, convenhamos!). Mas ele aceitou. Foi dada a partida. Sorte para mim, era o que eu me desejava a todo momento. Eu precisava ser feliz, nem que fosse por pouco tempo, não importava. Às vezes bastavam horas, e como rendiam...

— Você gosta de ficar tonto? Hein, Vitor?... — Maria Inês falava, rodopiando, com o irmão, que estava debruçado sobre os livros. — Você não gosta de nada, né?...

Pedi que ela parasse com o que estava fazendo, ia acabar caindo, além de estar dizendo bobagem. Vitor tinha prova no dia seguinte.

— Por que você acha que tudo o que eu digo é bobagem?

— Porque na maioria das vezes é.

— Chata.

— Vai procurar o que fazer, Maria Inês. Você não tem dever?

Ela já tinha saído da minha frente, e continuava rodando, se batendo nas paredes, completamente sem modos.

Quando Haroldo chegou em casa, contei para ele sobre a cena rápida, mas ele não deu importância. Contei também que Alice, minha amiga, tinha contado que se tornara alcoólatra porque gostava de ficar tonta quando brincava de rodar. Haroldo riu, se divertia com as bobagens de Maria Inês e, pelo visto, com as minhas também. Mas ele sempre tornava as coisas mais leves. Bom Haroldo.

Maria Inês chegou em casa com João Batista, dizendo que precisávamos conversar. Quantas conversas... E ela se jogou na poltrona, e ele sentou-se na cadeira ao lado.

— Mamãe — ela disse e parou, chamando a empregada. — Me traz um copo d'água! Vai querer, *baby?* — perguntou para João Batista. Ele balançou negativamente a cabeça. Maria Inês continuou: — O que vamos fazer no seu aniversário de 60 anos? Como você quer comemorar?

A moça entrou com o copo d'água na bandeja.

— Ainda não tinha pensado nisso, Maria Inês... Mas que tal fazermos uma comemoração conjunta, do meu aniversário e do casamento de vocês?

— Não senhora, a data é sua. E nós já sabemos o que vamos fazer; quando passar seu aniversário vamos dar uma saída.

— Não sabia.

— Pois é. Mas e aí, dona Maria? Pensou em alguma coisa?

— Qualquer coisa pra mim está bom, contanto que vocês estejam presentes.

Às vezes eu me fazia de cordata. Dava menos trabalho.

— Todo ano a mesma coisa?

— Por que não?

— Está completamente sem imaginação, hein, dona Maria?... Então vou pensar e depois te digo. Vamos, *baby*.

Assim Maria Inês chama João Batista. Sumiram os dois para o quarto. Claro que eu planejara o que pretendia nos meus 60 anos, mas era secreto, secretíssimo. E nesse momento, eu não podia perder tempo, precisava sair, depressa, estava com consulta marcada no ginecologista.

Cheguei em casa já com os remédios que o médico havia prescrito. Daquele dia em diante teria início a longa preparação para uma possível intimidade com Alencar, já que ele havia percebido com clareza a minha intenção. Vamos ver se eu sairia vitoriosa.

Precisava também dar uma chegada no dentista, e na dermatologista, mas o mais importante eu acabara de

163

fazer. E o ginecologista, em conversa no fim da consulta, disse que eu era uma mulher hígida. Menos mal, porque uma das amigas, não lembro qual delas, depois de uma batelada de exames, escutou do médico o diagnóstico de *senectus*. Terrível, não?

Dias depois, voltei a ligar para Alencar, já com o endereço de um café. Ele atendeu amável, como sempre, mas mais reservado. Pronto, assustei-o! No entanto, para minha surpresa, aceitou o convite. Acho que estava curioso. Também eu estava curiosíssima em relação a mim mesma. Uma modificação fantástica se operava. Desencadeara-se uma nova vida, e eu vibrava — quando fomos nos encontrar.

Daí em diante, eu não conseguia mais parar de pensar nas alegrias que estavam por vir. As lembranças vinham, mas eu as afastava, as amigas telefonavam, e eu dizia estar ocupada e, de fato, estava, e só fazia aguardar o encontro com Alencar. Não só o primeiro, mas os futuros, um após o outro, e assim por diante até que, finalmente, eu pudesse dizer, em alto e bom som, que encontrara um homem não só educado, gentil, carinhoso, mas por quem eu sentia um desejo infindo. De resto, eu andava totalmente resistível.

— Mamãe, quero falar com você — Maria Inês disse, num desses dias de alvoroço.

— O que é? Estou apressada.

— O que está acontecendo que você não pára...

— A vida. Mas diga, o que você quer?

— Você vai ter mais um neto.

— Está grávida, Maria Inês?... Como!? Não estava tomando pílula?

Ela riu, e disse que era do lobo mau. A história que ela adorava que eu contasse quando menina.

— Parei faz algum tempo.

— E João Batista?

— Está totalmente idiota.

Abracei minha filha, num misto de espanto e riso, mas mesmo assim continuei firme no meu propósito. Estava mirada.

Capítulo 17

Lá ia eu, repleta de esperança, num dia de céu azul, com muitas nuvens, e retalhos de sol na calçada, rumo ao segundo encontro com Alencar; de vestido novo e estreando um perfume que guardara havia algum tempo. Presente de Vitor e Telma, quando foram à Europa. Não era hora para pensar em Telma. De qualquer modo, eu precisava perguntar a Vitor se ele tinha notícias. Esquisito, ter convivido durante tanto tempo com uma pessoa e nunca mais ouvir falar nela. Além de ser mãe dos meus netos. Dentro de pouco tempo não seria a única. Mas que notícia de Maria Inês... como surpreende desse jeito... mas não é o momento de me ocupar de família. Que dificuldade ainda há pouco para acertar o risco da sobrancelha... Tem sido uma tarefa complicada me maquiar... Como será o desenrolar dos acontecimentos dessa tarde? Farei todo o possível para ser uma boa companhia. Mulher trabalhosa é tolerada quando jovem; depois a suavidade, a compreensão, a delicadeza, são atributos indispensáveis, senão, adeus amor! Isso, caso exista *a real opportunity!* Estou um tantito fora dos eixos! Mas muito alegre, indo ao encontro do antigo esplendor!

Estava quase na porta, quando a empregada disse que dona Regina estava ao telefone. Pedi que dissesse que eu estava de saída, e que ligaria assim que chegasse. Regina tem acompanhado cada passo dado em direção a Alencar. Se bem que ela não soube do último telefonema, desse que estava rendendo o próximo café. Saí sabendo exatamente o meu caminho: sempre em frente; e me desejando sorte, porque é um dos fatores mais importantes que existem.

Assim que saltei do táxi, e me aproximei do café, avistei Alencar ao longe, sentado à mesa, olhando para os lados, evitando ser surpreendido. Atravessei o interior da cafeteria como num túnel de vento, e logo eu estava pendurando a bolsa no braço da cadeira. Ele estava, mais uma vez, de camisa social branca e mangas arregaçadas. Levantou-se e me cumprimentando puxou a cadeira para que eu me sentasse. Voltando a se sentar, e atento aos meus gestos, perguntou o que eu gostaria para acompanhar o café. Palavras, respondi, esperando que meu rosto, em movimento, guardasse algum resto de juventude, porque no espelho ele se repete incansavelmente. Ele deu um meio sorriso, e então comecei a falar. E eu estava com muita vontade de conversar... Mas precisava, antes de tudo, dar um tom de leveza ao encontro; o corpo dele estava tenso, e seu rosto, rígido. Iniciei a conversa perguntando pelo seu sobrinho Conrado. O belo rapaz que fora marido de Maria

Inês, e de quem ela não queria sequer escutar o nome. Alencar contou que ele estava bem, e havia recasado. Que bom!, eu disse, e, sem querer, bati com a mão no garfo que, por sua vez, bateu no prato. Sorrimos, os dois. Após o breve momento sonoro, mudei de assunto, dizendo que soubera que ele era um brilhante advogado. Homens adoram elogios, e nós, mulheres, também não ficamos atrás. Ia aproveitar nosso encontro para lhe fazer uma pergunta, caso ele não se importasse, disse. Ele se ajeitou na cadeira. Senti que ia responder. Mas me olhava espantadíssimo! Tudo que eu não desejava que acontecesse... Aproveitei e fiz a pergunta que João Batista disse que precisava fazer ao advogado, a respeito do inventário do pai dele. Quando chegasse teria novidades para ele, para o futuro pai do meu neto. Relaxamento concluído, introduzi, aos poucos, um cunho pessoal na conversa. Contei que era viúva havia muitos anos — com vistas a ele intuir a carência e a total disponibilidade —, discorri superficialmente sobre os casamentos, cogitei em mencionar apenas o primeiro, mas não daria para omitir nenhum deles; contei sobre os filhos, mas não toquei nos netos, para que ele pudesse me conferir a idade que mais lhe aprouvesse. Ao fazer uma pausa, pensei que também ele fosse contar sobre a sua viuvez mas, ao invés, fez uma ou duas perguntas objetivas, das quais não me recordo, e sobre sua vida íntima não emitiu palavra. Foi amável, simpático, receptivo, mas extremamente reservado. Alheio à minha, digamos, empolgação, ou fingindo não percebê-la. Quase no final do encontro, lhe dirigi algumas perguntas pessoais, mas ele, com olhos esquivos, respondeu com evasivas. Enfim, não podia dizer que tivesse sido um encontro, muito menos, promissor. Nos despedimos com um aperto de mão. Mesmo assim, segui leve para casa, de volta ao sonho. De plena posse dele.

Logo ao chegar, liguei para Regina, que estava ansiosa por notícias. Regina se alimenta de histórias; tem a vida inteiramente voltada para o folhetim. Ao término do meu relato, comentou que a coisa tinha deslanchado; expressão que utilizou. Não tinha sido a minha impressão. Não, Regina, o encontro não representou nada, tive vontade de lhe dizer. Estou contando porque preciso de alegria. Da sua alegria. Na verdade, ele havia me concedido algumas horas de sua agenda. Mas eu nada disse. Deixei que ela continuasse entusiasmada. E Alencar deve ter me achado ridícula, totalmente inadequada. Com razão. A que ando me expondo...

Atendi o telefonema de Estela, porque mal pus o aparelho no gancho, ele voltou a tocar:

— O que que há com você... Estou cansada de ligar pra sua casa... Está doente? Sabe por que ainda não morri? Já devo ter contado que a empregada salga minha comida todos os dias, e não adianta pedir nem descontar no ordenado. É a maldade a que me encontro exposta diariamente. Se eu não estivesse medicada, já teria tido morte repentina. E quando eu chamo a atenção dela, a moça desaparece. Foge. Meu pai dizia que o mundo estava cheio de cagões; é a pura verdade. Mas voltando à cena doméstica, ou da doméstica, além do costumeiro fio de cabelo no prato, quando acabei de comer pedi que ela ligasse para a Santa Casa. E não esquecesse de me maquiar assim que visse meus olhos se fecharem. Enfim, você está avisada. E vê se não some de novo...

Estela diz sempre o mesmo. No dia em que estiver agonizante, ninguém acreditará. Por hoje chega, vou me deitar para esperar o jantar e rememorar o encontro que tivemos, Alencar e eu. O homem que não tem o que contar. O homem em branco. Quem sabe estaria à espera de uma bela história?

Tínhamos acabado de nos conhecer, e íamos velejar pela primeira vez, Paulo e eu, e já estávamos dentro d'água, quando ele disse que queria se casar comigo:

— Com você eu caso, tedesquina!

Ri, porque mal nos conhecíamos, e Paulo já falava em casamento.

— Calma! — eu disse.

E ele, com a mão na minha cabeça, ameaçava afundá-la, se eu não dissesse que queria me casar com ele.

— Caso, Paulo! Caso! — eu disse, e fui para o fundo do mar, e ele foi junto, e lá nos beijamos, salgando nosso compromisso.

Dias depois, Paulo e eu subíamos a ladeira lá de casa, porque ele queria pedir a minha mão a meu pai.

— Mas em que lugar que vocês foram morar... você sobe isso todo dia? — ele reclamava, no meio do caminho.

— Claro... estamos quase chegando...

Abrindo a porta, avisei que papai estava bastante surdo, e se recusava a usar aparelho, e que ele, Paulo, precisava falar alto. Havia muito tempo eu tinha a chave de casa e cuidava de tudo. Papai estava aposentado e não saía mais. Continuava lendo seus romances e, às vezes, tomava um pouco de sol na varanda. Tossia constantemente, e arrastava os pés para andar. Envelhecera. Encontrei papai deitado, e disse a ele que Paulo estava na nossa casa e queria conhecê-lo, se ele podia se levantar.

— Dorres no coluna — disse ele, saindo da cama. — Mas o papai levanta prra conhecerr namorrada!

Ele se vestiu, se penteou e foi para a sala, conhecer Paulo. Fiz um lanche para nós. Logo que nos sentamos à mesa, papai disse que tinha muita saudade da sua terra. Que o Brasil era muito bom, mas a Alemanha era *wunderbar*. E iniciou um longo relato sobre a sua infância e juventude, dizendo no final, que teve que fugir por causa da guerra. "Uma horrorr! Uma horrorr!" Eu estava impressionada ouvindo meu pai contar sobre a sua vida pregressa no primeiro encontro com Paulo.

— Mas agorra só tem eu e ela... morreu tudo!

Nesse momento, Paulo disse que ele queria fazer parte da família, e pediu a minha mão, e papai:

— Ho ho ho... — riu.

Mas concordou, contanto que eu não saísse de casa. Rimos, os três. Paulo disse que não havia pressa. Na hora da despedida, apertando a mão de Paulo, papai comentou que ele era o primeiro estrangeiro a entrar para a nossa família. Ninguém imagina o que essa frase rendeu. Paulo a repetia a todo momento. Apesar de ele ter gostado do meu pai, ficou indignado com o que escutara. E de nada adiantava eu dizer que papai já estava velho.

Maria Inês não voltou mais a falar no meu aniversário. Ainda bem, porque eu tinha intenção de comemorá-lo privadamente. Não sabia ainda se daria certo, mas iria tentar. E não seria necessário que fosse no dia. Na data mesmo pretendia fazer como em todos os anos, passar com a família, agora desfalcada de uma nora, mas tendo ganho um genro. Faríamos um jantarzinho em casa e, quem sabe, eu me animaria a ir para a cozinha? Estava pensando nisso quando Maria Inês entrou na sala se dizendo atrasada; ela e João Batista haviam perdido a hora. Perguntei como estava passando; ótima, respondeu, e o rapaz nunca mais tirou o sorriso dos lábios. Estavam radiantes, os dois! Disse a João Batista que eu andara conversando com um advogado amigo, e tinha algo para lhe dizer a respeito do inventário de seu pai. Podíamos deixar para mais tarde, para quando eles voltassem. Maria Inês me olhava com a testa franzida enquanto eu falava com João Batista. Desconfiou do "advogado amigo". Antes deles saírem, ela fuxicou a gaveta sob o telefone; perguntei o que queria. O caderno de endereços, disse, porque precisava do telefone do meu clínico para levar para uma colega. Disse que estava no meu quarto, em cima da cômoda, e que depois ela o pusesse no lugar.

— Já sei, mamãe... — disse, e pouco depois os dois foram embora, abraçados e apressados.

Assim que eles saíram, pensei em ligar para Alice, saber como ela estava. Fui ao quarto atrás do caderno de telefone. Havia algum tempo eu não conseguia decorar nenhum número, às vezes esquecia até o da nossa casa. Celular então nem se fala... Onde estava o caderno? Apesar de eu ter pedido, Maria Inês nunca volta a pôr nada no lugar. Desde menina é assim, desordeira.

Dei um tempo, e liguei para o trabalho dela. Assim que ela atendeu, desculpou-se, dizendo que, na pressa, se atrapalhara, e o tinha levado junto com outros papéis. E me deu o telefone de Alice.

Liguei para minha amiga, estava preocupada e sem notícias dela havia muito tempo, desde a sua vinda à minha casa. Ela ria nervosamente quando atendeu, se dizendo muito feliz. Passado o susto da confissão, contou que o marido voltara para casa, e estava tão apaixonado quanto ela. E queria que a aeromoça (a ex-mulher) explodisse. Um caso raro de final feliz!, Alice disse, continuando a rir descontroladamente. Um exemplo de quando a loucura funciona.

Em qualquer posição em que se deitasse, Haroldo roncava. Era quase impossível conciliar o sono a seu lado. Eu tentava dormir antes que ele fosse para a cama, mas às vezes não dava. Então eu o sacudia, pedindo que ele se virasse, mas dentro de pouco tempo, Haroldo roncava outra vez, alto, altíssimo. Tonitruante. E ele fumava, nem sei quantos maços por dia e, ao se deitar, ainda tinham os cigarros de antes de dormir e, ao se levantar, os de acordar. Até que sobreveio aquela tosse, e aconteceu o inevitável. O fato é que por uma ou outra razão, as pessoas acabavam me deixando. E quando eu faço um movimento, como agora, a loucura não dá certo.

Ainda hoje, ao deitar — depois de viúva há tantos anos —, tenho a nítida impressão de ouvir o ronco de Haroldo, como agora (uma saudade torta, digamos), mas era Maria Inês, brincando na porta do quarto, trazendo de volta o caderno de telefone. E eu enroscada em mim mesma, num devaneio sombrio.

— Deitada a essa hora?... — perguntou.

— Estou cansada. Diga a João Batista que conversaremos amanhã.

— Está se sentindo mal?

— Não, estou cansada. Muito cansada.

Maria Inês saiu do quarto andando de lado, com os olhos fixos nos meus. Queria saber o que estava acontecendo, mas eu não iria dizer. Paixões não se explicam.

CAPÍTULO 18

Era noite escura quando acordei escutando um barulho. Meu pai roncava, mas não daquela maneira. Ventava e as janelas batiam. Saí da cama descalça, e fui direto ao quarto dele. Era papai, que roncava muito, e alto.

— Pai, você está se sentindo bem?... — disse, da porta. Mas ele não respondeu. Me aproximei da cama. — Hein, pai? Responde. — Ele estava de pijama, barriga pra cima, boca aberta, roncando esquisito. Voltei a chamar: — Pai! Pai! — Ele estava imóvel. — Pai!! — gritei, me inclinando sobre ele e sacudindo-o. Papai continuou na mesma posição, inerte.

Desesperada, esbarrando nos móveis, saí correndo e, com mãos trêmulas, custei a achar no caderno o telefone do médico. Demoraram a atender na casa dele, até que depois de muita insistência, uma voz de mulher disse que ele estava dormindo. Pedi que o acordasse, meu pai estava morrendo, falei e comecei a chorar. E dei o endereço de nossa casa. Enquanto o médico não chegava, fiquei na

177

porta do quarto olhando para o meu pai; seu ronco continuava uniforme. Passados alguns minutos, fui até a porta da frente e olhei lá para baixo, nada, e assim fiquei, de um lado ao outro, indo e vindo, até que, numa das vezes, vi o médico subindo a ladeira, devagar, no escuro — o lampião estava com a lâmpada queimada —, com a maleta na mão. Assim que ele entrou, levei-o até o quarto; o médico estancou na soleira da porta, e ficou observando meu pai; o ronco não cedia. Instantes depois, abanando a cabeça, e se afastando, ele disse que nada havia a fazer — não se aproximou de papai nem o examinou — senão aguardar o desenlace e, quando ia sair, eu me joguei contra o seu corpo, sacudindo seus braços, implorando para que ele salvasse meu pai. Retirando minhas mãos de seus braços duros, ele perguntou se eu tinha quem me ajudasse. Disse que sim. Ele então foi embora andando devagar, e sem cobrar a consulta. Também era um velho. Inteiramente descontrolada, liguei para Paulo e o acordei, e ele, sem me fazer perguntas, disse que estava chegando. Fui para o quarto do meu pai e tentei levantá-lo, chamando-o cada vez mais alto, e logo eu estava aos gritos, arfando, não pelo esforço, mas de raiva de não conseguir movê-lo. Deitei então a seu lado, grudada nele, aos prantos, ouvindo o espatifar das mangas do lado de fora.

— Pai, está ventando muito... — segredei em seu ouvido. Papai sempre gostou de vento, de raios, da chuva, das manifestações da natureza. Continuei: — Vou ganhar dinheiro e vamos para a Alemanha...

Grossos pingos de chuva começaram a bater na janela, e eu falava sem parar, quando, subitamente, papai fez um ruído ainda mais estranho, e se calou. Saltei instantaneamente sobre o seu corpo, fazendo respiração boca-a-boca, tentando reanimá-lo, mas meu pai não reagia; golpeei também seu coração, várias vezes, inutilmente. Não sei quanto tempo fiquei ali no quarto. Não sei quanto tempo se passa para se perder um pai. E se passa. Saí dali transtornada; direto para o telefone. Disquei um número qualquer, e atendeu uma voz do outro lado. Em prantos, contei que meu pai tinha acabado de morrer; que eu havia perdido também a minha mãe, e que meu irmão não chegara a viver, e eu não tinha mais família. A voz — não lembro se era de homem ou de mulher —, perguntou se havia alguém comigo, foi quando senti a mão de Paulo sobre a minha cabeça; e eu disse que tinha meu namorado, e desliguei.

Difícil acreditar que, tempos depois, esse mesmo homem — Paulo — não quisesse mais saber de mim.

Olhei para o relógio, o telefone tocava antes das oito horas da manhã. Quem seria? Atendi, depois de virar a xícara com o último gole de café. Era Lucila, a amiga rica e feliz. Ou, feliz porque rica, segundo sua concepção de felicidade. Dizia que sua neta nascera. Parabéns!, eu disse, e ela ria, àquela hora da manhã...

— Maria Cândida, nome de princesa, não é mesmo? — perguntou.

E contou em detalhes sobre o nascimento. Eu escutava, já tendo puxado uma cadeira para me sentar. Quando finalmente ela fez uma pausa, e quis saber se eu tinha novidades, disse que Maria Inês esperava um bebê. Nesse momento, Lucila soltou gritinhos, perguntando se eu não estava muito feliz. Estou feliz sim, respondi. E ela voltou a se animar, dizendo que agora sim, eu veria como a vida podia ser suave e bela, com um bebê, depois de tantos anos. Eu, que acalentara esse sonho — tentando me livrar de outro —, aspirava agora a um homem — o derradeiro. E que era encantador como poucos!

— Bom dia, mãe! — disse Maria Inês, se sentando para tomar café.

— Bom dia, vovó! — disse João Batista, acompanhando Maria Inês à mesa.

Os dois estavam bem-dispostos. Comentei com Maria Inês que eu estava sem notícias do Vitor, queria saber se ele ligara para ela.

— Ontem Vitor ligou, não foi, *baby*?... — perguntou a João Batista.

Ele balançou a cabeça confirmando.

— Está tudo bem com ele? Preciso dizer a ele que qualquer dia meus netos aparecem aqui e eu nem vou conhecer os meninos...

— Vitor telefonou só pra dar um alô — disse ela.

Nesse momento, o telefone tocou, mas já passava das dez horas da manhã. Atendi. Era Alencar. Alencar estava me ligando? Ele mesmo. A voz era a dele, abaritonada. Eu mal respirava, além do mais porque Maria Inês e João Batista estavam na sala. Estava ligando para agradecer aquele dia do café. Agradecer o encontro? Era isso mesmo que eu estava escutando!? Tinha sido um prazer, disse ele. Então... ao contrário do que eu supunha, um passo fora dado... E que passo. Nem liguei para Regina. A coisa agora era pra valer.

Saí do telefone e Maria Inês perguntou quem era. Disse que era meu amigo advogado. Queria saber se eu havia falado com meu genro.

— Por falar nisso, não conversamos, não é, João? — eu disse.

Maria Inês, de olhos arregalados, desconfiada, disse que a conversa teria que ser adiada mais uma vez. Estavam atrasados, como sempre. E queria me avisar, antes de sair, que iriam passar o fim de semana fora, ela e João Batista. E caso eu tivesse esquecido, era uma viagem anunciada. E se levantaram da mesa mas, antes de bater a porta, ela disse:

— Arranjou namorado, hein, dona Maria?...

E João Batista, a seu lado, ria disfarçadamente.

Eu precisava dar início à comemoração do aniversário. Fui à cozinha e pedi à empregada que não me chamasse, para nada. Voltei à sala, e pus uma música, e me reclinei no sofá, imersa em sonhos. Leve, como uma rainha... não, elas nada têm de leve; leve, como uma libélula, também não... Leve como... uma nova Maria.

Tinha marcado de novo o dentista, para evitar imprevistos desagradáveis. Era melhor que eu não me atrasasse porque, antes de chegar ao consultório precisava comprar *lingerie,* e faltava um conjunto preto no meu guarda-roupa. Era o que eu me dispunha a adquirir.

Logo ao voltar para casa, a empregada disse que dona Ana Luisa havia telefonado. Queria saber a que horas eu chegaria, porque precisava muito falar comigo. Devia querer falar a respeito do filho, ou se despedir para mais uma de suas viagens. Ou, ambas as coisas. Liguei para ela. Me recebeu com muita alegria. Menos mal. Estava com viagem marcada, mas antes de embarcar, queria estar comigo, no dia do aniversário, para me dar o presente. Afinal, não é uma data qualquer, disse ela. Como eu iria comemorar? Disse que naquela noite eu combinaria um jantar com os filhos.

— Você vai me desculpar, Maria... mas por que não faz uma coisa diferente?... Quer vir a Paris comigo? Que tal?

Ri. E não levei a conversa adiante porque havia alguns dias eu pensava em outra comemoração. Essa sim, bem diferente. Mas ninguém podia vir a saber. Terminamos o telefonema marcando um chá, à tarde, no próprio dia do aniversário. Ana Luiza ficou muito feliz por eu ter aceito o convite numa data de tal importância, disse ela. Desligamos sem ela ter tocado no nome do filho. Já devia ter absorvido o choque. Filhos dão choque! Eu que o diga.

Não esqueço o final do casamento de Maria Inês com Conrado, e a recente conversa com Vitor.

À noite, esperei Maria Inês chegar para resolver de vez a tal comemoração. O aniversário já estava me cansando antes mesmo de ter chegado o dia. Eles demoraram para voltar. Tinha esquecido que haviam dito que do trabalho iriam comprar uma saca de viagem. Fiquei na sala, esperando os dois, quando, de repente, eles entraram, rindo e conversando.

— Vamos conversar sobre o aniversário? — iniciei o assunto.

— Vamos — disse ela. — Deixa eu pôr esse embrulho lá dentro; já volto.

João Batista disse que ia lavar as mãos, e também já voltava. Quando se sentaram à minha frente, fui logo dizendo:

— Maria Inês, eu não quero festa. E peço que você não insista. Gostaria de sair com vocês e seu irmão para jantar, como sempre. Mesmo que você me acuse de não ter imaginação. À tarde, fiquei de tomar um chá com Ana Luisa, que vai viajar, e à noite saímos todos juntos. Está bem?

— Está, mamãe, não era o que eu esperava ouvir, mas o aniversário é seu. Tudo bem. Depois me diz qual o restaurante que você vai escolher, para fazermos reserva.

Me surpreendi com a compreensão de Maria Inês. Rara. A gravidez devia estar adoçando-a. Mas mal os dois deram as costas, batendo a porta, telefonei para Alencar — já que ele havia gostado do café. Ele demorava para atender, devia estar longe do aparelho. Fui breve, achei que poucas palavras surtiriam melhor efeito. Perguntei se ele não gostaria, caso não tivesse compromisso, de tomar um café na minha casa. Seríamos só nós, concluí. Ele perguntou se podia dar uma resposta no final da tarde. Claro, respondi. E eu tinha opção?

Voltei a ouvir música, agora em outro clima, expectante. Tentei ler, mas estava totalmente desconcentrada. Depois de passada meia hora ouvindo música, achei que Alencar tinha esquecido de telefonar. Eu não voltaria a ligar, seria demais... Fui para a janela, apreciar o movimento, que era pouco, onde morávamos. Mas, nesse dia, havia um casal em frente ao nosso prédio, visivelmente atrapalhado. Eles ouviam a voz de uma mulher que não estava presente. É sua mãe!, dizia a moça para o rapaz, e ele, atônito, não entendia onde a mãe poderia estar. Até que, passado o alvoroço, descobriram o celular, acionado em viva voz, dentro do bolso do casaco dele. Até eu tinha escutado a mensagem. Com isso, por um triz, eu não escutava o telefone que estava tocando lá em casa; a cena inusitada quase me impedira de ouvir a voz de Alencar dizendo que viria à minha casa. Ele iria participar da comemoração dos meus 60 anos, não no dia, mas era como se fosse. Melhor dito, ele seria a grande comemoração do aniversário! Eu dormiria naquela noite? Ia conseguir conciliar o sono? Provavelmente não tiraria nem um cochilo.

CAPÍTULO 19

— Maria, lembra da última vez que nos falamos? Da situação lamentável em que eu me encontrava?... Com o coração vagando entre as sombras do inferno? Pois nem sei como te contar o que aconteceu. Você se recorda do rapaz de quem Edmond, meu filho, falava? Aquele... Pois bem, chama-se Anthony, e também é filho de inglês. Apareceu na minha casa com uma braçada de flores e me tirou para dançar. Assim, de rompante, no meio da tarde... Que moço envolvente, Maria... e quanta espontaneidade e alegria... Minha alma rodopiava! E como é preparado! Calcule que fala e escreve em cinco idiomas! Basta dizer que completou os estudos na Suíça! *Crème de la crème!* Como o meu Edmond, Anthony também é único, e não teve irmãos. Tal qual meu Ed, a mãe se dedicou integralmente a ele, numa devoção irrestrita. Mas eu não me chamaria maria Ana Luisa se não descobrisse, a tempo, o equívoco no qual estive enredada durante todos esses anos. Estava ultrapassada, Maria, totalmente defasada quanto à concepção amorosa atual — essa que é a verdade! Não acompanhei os saltos da história, imobilizada que estava por um raciocínio turvo. Lamentável como estagnamos, não? Hoje em dia o que existe é uma relação fina, de sintonia e de trato. E que qualidade de afeto... Não mais aquele arrebatamento de outrora, aquela consumição feroz, o desatino da *folie à deux!,* nada disso. Ao invés, ama-se em paz. Sabe o que eu acho, com toda a sinceridade? Abrindo meu coração? Que esses jovens, Tony e Ed, são os arautos da modernidade. Seres domésticos, apaziguados, doces, totalmente diferentes desses jovens competitivos e arrogantes. Custei a tirar as vendas do passado mas, afortunadamente, tenho um exemplar dentro de casa. Adeus, sofrimento fútil! Como me arrependo de tantas lágrimas tolas vertidas nas águas do Sena... Dor velha, Maria, infame! Imagina que, grávida, eu não sabia que portava no ventre uma semente da modernidade. Lamento ter estado à deriva todo esse tempo... mas agora, translúcida é a vida. Para isso serve um filho...

— O chá vai esfriar, Ana Luisa — eu disse.

Mãe. Que estranhas criaturas somos.

— Oh, sim querida! É que eu me perco quando começo a falar nos meninos... estou tão feliz por eles... Mas vamos conversar sobre seu aniversário. Como você está se sentindo com tantas primaveras? Sufocada pelo excesso de flores?

Sorri.

— Igual ao que sempre estive, talvez esse seja o problema, não me sentir diferente. Até agora não tive nada de sério, ainda bem...

— Oh!, o que é isso... Que visão pessimista é essa? Não gosto de ver você falando desse jeito... *Oh, Cieux!* Vamos mudar de assunto. Você me acompanha ali naquela loja? Preciso levar uma lembrança para uma amiga parisiense, e você é conhecida pelo seu bom gosto; vamos, Maria!

Dentro da loja, Ana Luisa queria minha opinião sobre todas as coisas que via. Que maneira de entrar nos 60 anos... Achava melhor ir embora. Eu estava tão inquieta...

— Preciso ir...

— Um momentinho, a moça já vai embrulhar o presente... — disse ela.

Ao sairmos da primeira loja, Ana Luisa me arrastou para a loja seguinte, e assim sucessivamente, até chegarmos a uma livraria. Lá, me distraí com a bancada dos lançamentos. Depois de eu comprar dois livros, Ana Luisa disse que tinha um café delicioso na parte de cima da livraria, e me fez subir uma escada para tomarmos o cafezinho, depois do qual ela me liberaria.

— Por que está apressada, Maria? — ela me perguntava enquanto subíamos os degraus. — Já não saiu pronta para o jantar da família?

— Ainda não resolvi se vou com essa roupa, talvez troque, não sei... — disse, disfarçando meu estado de espírito.

— Pois vá, está muito chique. E não precisamos correr tanto, já que você está pronta.

— Depois do café, eu preciso ir, estão à minha espera — disse, decidida.

Nos despedimos, e Ana Luisa, depois de perguntar se eu queria alguma coisa de Paris, ficou de telefonar quando chegasse de viagem.

Eu estava precisando ficar sozinha com meus 60 anos. Saí caminhando, devagar, apesar de ela sugerir dividirmos um táxi; a noite, espargindo seus reflexos, dominava já a cidade. Andei durante muito tempo, sem direção e também sem receio. Passo a passo, completando meus 60 anos. Eu, a moça atlética, a velejadora, estava assustada de ter passado no tempo! À medida que eu caminhava, ia retornando às casas que ficaram para trás; com nitidez, aparecia a casa da ladeira — a doçura do lar que não tive —, onde eu me escondia debaixo da cama do meu pai, em infinitos medos; após nem sei quantos quarteirões, consultei o relógio e, enxugando lágrimas daquele tempo, fiz sinal para um táxi.

Ao chegar em casa, a porta se abriu antes mesmo da chave ter girado na fechadura. A sala estava às escuras, estiquei o braço para alcançar o interruptor e, enquanto o tateava, as luzes se acenderam ao mesmo tempo que um coro cantava parabéns!

Uma festa surpresa! Maria Inês correu para me abraçar, perguntando onde eu tinha me metido — atrás dela, vinha João Batista —, estava preocupada com a minha demora. Nesse instante, vi Regina ao longe, piscando o olho pra mim. Abraçando Vitor, uma bonita moça, que ele apresentou como sua namorada — quantas surpresas! —, eu disse que estava passeando meus 60 anos. Um garçom, com uma badeja de canapés, circulava pela sala. Ali estavam todos os meus queridos: Lucinda, minha amiga rica e recém-avó; Alice e o marido, reatados; Regina, minha amiga e confidente; e, ao terminarem os cumprimentos efusivos, a campainha tocou, e Ana Luisa entrava, perguntando se tinha se atrasado... Desta vez ela não tinha ido para Paris! Uma surpresa atrás da outra! E tudo orquestrado por Maria Inês, com certeza!

— Só faltaram os netos! — eu disse, emocionada. E Vitor respondeu que eles estavam dormindo. Tinham aula cedo no dia seguinte.

Cumprimentando as pessoas, Ana Luisa disse que os meninos dela também não tinham podido vir.

— Você teve mais filhos? — perguntou Lucinda, que a conhecia.

— Tive. O primeiro foi de cesariana, mas o segundo eu pari! — disse ela.

Ana Luisa e eu sorrimos.

Só nesse momento, vi Estela, afundada na poltrona com a mão no pescoço enrolado por um lenço.

— Minha madrinha, ainda não tinha te visto, tudo bem?

— Em franco declínio — disse ela.

— Mas tem se sentido melhor, não é mesmo? Pra me fazer essa surpresa — disse, abraçando-a.

Estela disse que tinha que ir porque temia pegar uma pneumonia (referia-se ao ar-refrigerado, que estava ligado). E espirrou. Não disse?, e apertou o lenço em volta do pescoço, levantando-se para ir embora, porque estava com medo de cair mais gorda. E já estava escuro.

Ana Luisa comentou que Estela continuava a mesma, depois de tantos anos.

— Olha quem fala... — rebateu Estela.

As pessoas riam.

— Amigos fazem bem para a saúde em geral! — eu disse.

E Maria Inês, segurando Estela pelo braço, pediu para que ela ficasse só até a hora do bolo; ninguém podia negar o pedido de uma grávida, dizia, e a conduziu para o outro canto da sala:

— Senta aqui só mais um pouquinho...

Contrafeita, Estela voltou a se sentar, encolhida. Lucila se movimentava de um lado ao outro mostrando as fotos da neta e perguntando a cada um dos convidados se não era a menina mais linda do mundo. Maria Inês aproveitou e desfilou mostrando o início de uma barriga. Fui me sentar ao lado da namorada de Vitor, que estava de mãos dadas com ele.

— Como é o seu nome? — perguntei.

— Cristina — disse ela.

— Fico muito contente...

— O que vocês querem beber? — perguntou Maria Inês, interrompendo a conversa.

— Vinho! — respondi.

E Cristina, sorrindo, disse que me acompanhava.

Eu estava muito feliz com a surpresa da festa, e também com a alegria dos filhos e dos amigos. Vitor, estava visivelmente contente com a namorada, e Maria Inês, com a gravidez dela. Mas, sobretudo, eu comemorava ter conseguido construir todas aquelas relações.

Alice, marido a tiracolo, aproximou-se de onde eu estava sentada.

— Viu meu comandante? — disse ela pra mim.

— Como vai? — estiquei a mão para cumprimentá-lo.

— Maria sabe de tudo — continuou ela, sacudindo o braço do marido.

— Mas não tenho boa memória — retruquei, sorrindo.

Faltava Regina se aproximar; foi o que fez, engolindo um canapé.

— E aí, minha amiga, falta alguém na festa?... — perguntou, voltando a piscar o olho.

— Não... faltava você aqui perto de mim — disse, abraçando-a.

E o garçom apareceu, bandeja nas mãos, com as taças e o vinho. Maria Inês fez questão que eu lesse o rótulo. Caprichara no *Bourgogne!* E então brindamos todos, muitas vezes.

— *Vie et splendeur!* — dizia Ana Luisa, erguendo a taça.

— Vida e esplendor! — eu repetia.

Depois de tantos e tantos brindes, Ana Luisa tomou a palavra e, com a energia emergindo do vinho, iniciou um discurso sobre o novo homem, dizendo que esperava que meu futuro neto viesse a engrossar a fileira. Maria Inês, sem saber do que se tratava, ria. Ri também, porque já estávamos todos muito alegres. Quanto menos as pessoas entendiam o que Ana Luisa dizia, mais se ria. Brindamos muitas vezes ao novo homem anunciado por ela. De repente, Estela se levantou dizendo que desta vez ela estava de saída; me levantei também, para acompanhá-la. Acenando para as pessoas, ela se encaminhou em direção à porta resmungando que o homem era velho desde que nascia e, voltando a espirrar, saiu se dizendo gripadíssima! Na volta, perguntei a Maria Inês se o garçom não traria uma rodada de café. Ela levantou-se atrás dele. Ana Luisa, escutando o que eu tinha falado, disse que continuaria no vinho, comemorando meu aniversário e *otras cositas mas* e, voltando o corpo na minha direção, quase cai da poltrona. Além disso, continuava, na verdade, o que estava por vir, era uma sexualidade que poucos alcançavam, mas ela não ia se estender sobre o assunto, porque gostava de conversar apenas com mentes brilhantes — Ana Luisa freqüentava um grupo de estudos de filosofia havia algum tempo, o que a vinha deixando extremamente confusa. — Se preparara durante todos esses anos para conversas no nível mais alto que o intelecto pudesse atingir, dizia. Não era à toa que, freqüentemente, atravessava o Atlântico em busca de interlocutores, continuava. Nesse instante, fomos salvos por Maria Inês, que surgiu trazendo o bolo, e sobre toda a superfície dele, uma infinidade de velas acesas:

— Parabéns... — cantava ela, e todos a acompanharam.

Eu, que contava com a insônia daquela noite, dormi profundamente. Acordei com Maria Inês se despedindo, dizendo que eles estavam de saída. Telefonaria quando chegassem. O nome do hotel e o endereço estavam na mesa da sala. Desejei boa viagem a eles, afofei os travesseiros, e ia voltar a dormir, quando me lembrei que aquele era o dia do café com Alencar. Iniciei os 60 anos pulando da cama!

Capítulo 20

As cortinas precisavam ser trocadas; tinham sido lavadas recentemente, mas estavam ficando velhas; precisava falar com Maria Inês. Os estofados ainda podiam esperar um pouco, mas elas não. Como eu não tinha visto isso antes?

Eu vistoriava a casa para receber Alencar; era o dia da visita dele, e precisava deixá-la com boa aparência porque se sujara bastante na véspera. Seria necessário dar uma aspirada na sala. Diria isso à empregada que, tirando a mesa, me observava.

— Já arrumou os quartos?

— Já.

— Então quando acabar de lavar a louça, passe o aspirador na sala, depois pode ir embora.

— Está bem — respondeu, com olhos rasteiros.

Essa moça não me trata de senhora? Preciso falar sobre isso com Maria Inês, a empregada é dela. Bem, aproximava-se o momento da comemoração privada. Algo muito importante estava para acontecer e, possivelmente, com conseqüências. Eu me sentia em desordem, com os sentimentos exacerbados, o coração flutuante, e nada ainda acontecera. Já tinha ido à feira e comprado três dúzias de rosas, e as espalhado pelos jarros que temos em casa. A sala ficara alegre, cheirosa e florida. Dera também um jeito no cesto abarrotado de revistas, deixando-o apresentável. E antes que eu me esquecesse, precisava esconder os remédios, e eles eram muitos. Não desejava que Alencar pensasse coisas que não eram verdadeiras a meu respeito. Que eu era uma dependente química, por exemplo. Havia a caixa de madeira com as vitaminas que, em todas as refeições, ia para a mesa; havia também os remédios da mesa-de-cabeceira, e os do armário do banheiro, em que eu ia passar a chave. Podia acontecer de ele querer lavar as mãos. E seria bom escolher alguns CDs e deixá-los à mostra, senão, na hora, era bem provável que eu não os encontrasse. Ah, os porta-retratos! Teriam que ser retirados. Um deles, eu nem sabia o que fazia ali, era uma foto de Vitor, Telma, e os meninos. Será que a namorada do Vitor tinha visto essa foto ontem à noite? Que falha a minha... Ficaria apenas a minha fotografia de vinte anos atrás. É uma boa foto, todos costumam gostar e me achar bonita nela; fora tirada por Haroldo, num fim de semana na casa de amigos, em que eu estava num grupo, e não sei que jeito Haroldo tinha dado para tirar meu rosto dali e ampliá-lo numa foto só minha... Mas o lavabo não estava com bom aspecto... Antes de sair, Maria Inês deve ter passado por ele, porque o tapete estava embolado; e a saboneteira precisava ser lavada, e o sabonete, trocado. Ontem tinha ganhado uma caixa de sabonetes em forma de flor, ficariam bonitos ali. E os dois vasos de violeta que eu comprara junto com as rosas? Ficaram na área! Um era para a pia do lavabo e o outro para a mesinha do telefone. Não podia esquecer de mandar a moça, antes de ela ir embora, dar um pulinho na rua para comprar refrigerantes, além da cerveja. Uísque e vinho tínhamos em casa. Enfim, várias opções. Era importante que ele pudesse escolher. Estava tão nervosa, que achava melhor tomar um antiácido. Evitaria a azia e o refluxo. Meses atrás, precisei fazer um exame, desagradável, como quase todos, e o resultado fora hérnia de hiato. Não operável, mas deplorável. Todo o cuidado era pouco com o que comia, sobretudo à noite, porque não era recomendável deitar logo após as refeições; desde que fora constatado esse desarranjo, eu passara a sofrer eructações (os temíveis arrotos). Tudo o que não podia acontecer nessa tarde. De modo que seria melhor me prevenir, tomar as medicações que controlavam os espasmos estomacais. Mas voltando às compras, não tinha esquecido dos salgadinhos nem dos biscoitos amanteigados. Não sabia o que ele iria preferir... Depois da arrumação da sala, e do lavabo, precisava dar um jeito no meu quarto, o que faria depois do almoço. No momento eu iria tomar banho — recendia a creme —, e daria um jeito na dona da casa.

O telefone estava tocando, fui atendê-lo antes de entrar no chuveiro. Era Vitor, me convidando para ir ao cinema, junto com Cristina. Sabia que Maria Inês tinha viajado, e que eu ia ficar sozinha. Depois do cinema jantaríamos os três. Que tal, mamãe?, perguntou.

— Obrigada, meu filho, mas estou colocando a casa em ordem, e também estou com um tiquito de dor de cabeça. Deve ter sido por causa do vinho de ontem, acho que exagerei. Mas fica pra outra vez. Dê um beijo em Cristina, e bom cinema pra vocês. Um beijo — me despedi.

E entrei no banheiro, pensando que estávamos, os três, a mãe e os filhos, acompanhados. Nunca pensei que isso pudesse acontecer... Quando eu estava debaixo do chuveiro, a moça bateu na porta dizendo que era minha filha, ao telefone. Mandei que ela dissesse à Maria Inês que eu estava no banho; assim que terminasse, ligaria para ela. Muito bom falar com os dois antes da chegada de Alencar; só assim não sofreríamos interrupções, poderíamos conversar à vontade e, quem sabe, usufruir bons momentos. Que alegria recebê-lo em casa! Sobretudo tinha sido uma alegria ele ter aceito o convite! Devia ser um homem muito ocupado e, no entanto, se dispusera a vir à minha casa. Devo ter despertado algo agradável nele... Ensaboava freneticamente o corpo, e a pele já estava se avermelhando, achei por bem diminuir a intensidade. Lavei o cabelo com o mesmo xampu, o novo podia não dar bom resultado. Não era dia para experimentações. Depois de me enxugar, iria secar o cabelo, e era sempre um momento de suspense, jamais podia prever as conseqüências.

Estava muito nervosa, seria melhor tomar um tranqüilizante. Mas podia ser perigoso entrar em outro ritmo e não perceber o desenrolar dos acontecimentos. Talvez eu pudesse tomar algo que não fosse químico, e então relaxar. Nunca pensei que me acontecesse uma coisa dessas aos 60 anos... Precisava pensar também no que ia dizer, essa talvez fosse a parte mais importante do encontro. As palavras ditas. Dependendo do que eu dissesse, poderia afastá-lo de vez, ou aproximá-lo. Teria que ser hábil, até porque minha vontade de conversar era grande, sobretudo com um homem que, certamente, tinha coisas interessantes a dizer. Era necessário ao mesmo tempo estar atenta e descontraída. Não sabia como conseguiria essa proeza, só mesmo pensando nas grandes cenas do cinema. Mas nenhuma me vinha à cabeça. Estava nervosíssima. Cada vez mais. Não lembrava de ter me sentido assim com Haroldo, menos ainda com Paulo. Com o tempo tinha perdido a espontaneidade. A casa estava ficando bonita, apesar de vazia — decoração de Maria Inês e de sua colega arquiteta. Ainda bem que haviam sobrado duas poltronas. Podíamos nos sentar.

— Pode deixar que o resto eu faço... — disse para a moça, assim que ela desligou o aspirador.

Eu já estava semi-pronta, o que significava que já secara o cabelo e estava maquiada, levemente maquiada, e já havia dado também um jeito no quarto. Posto a colcha nova na cama, com as almofadas, também compradas recentemente. Rearrumara os objetos na penteadeira, perfume, escovas etc.

Por falar nisso, ainda não me perfumara, e estava em dúvida sobre qual perfume usaria. Existem homens que são sensíveis a aromas, e outros que nem cheiro sentem. Uma amiga, acho que Regina, teve um namorado assim. Anósmico. Mas não devia ser o caso de Alencar. Ele poderia gostar de Chanel nº 5 ou, quem sabe, preferisse J'adore, o nome era sugestivo. Estava na hora de começar a me vestir. De sutiã e calcinha pretos, tinha escolhido o conjunto combinando com eles; na túnica havia um pequeno e discreto decote. E nem pensar em calçar sandálias, tem homens que se horrorizam diante de certos pés. Os meus não são feios nem bonitos, são regulares; de qualquer forma seria prudente não exibi-los. E eu tinha um sapato fechado de salto baixo bem simpático. A dúvida seguinte era quanto ao uso de jóias e/ou bijuterias. Achava melhor usar apenas um par de brincos de ouro branco, e a minha indefectível pulseira de prata, que eu não tirava do braço. E ainda não estava inteiramente pronta... Precisava ir à cozinha, para verificar se estava tudo em ordem, e também dispensar a empregada. Era importante que eu ficasse a sós antes da chegada de Alencar, para que depois eu pudesse me sentir bem acompanhada. Ele me trará flores?... Terá essa lembrança? Em todo caso, deixaria um cachepô de reserva. Nunca se sabe. Ou virá com uma caixa de bombons? Ou lamentará o fato de não ter me trazido nada?... A terceira hipótese talvez seja a mais provável. Ele virá, e isso é tudo. O telefone tinha tocado. Quem seria? Maria Inês se esquecera de dizer alguma coisa? Vitor já devia estar em plena sessão de cinema. Telma, quando vir a namorada do Vitor, certamente ficará enciumada. E se fosse o telefonema de uma amiga? Diria que estava de saída, não havia tempo de atender, e elas falam bastante. Suspendi o fone do gancho, e a voz era de Alencar. Ele!? O que será que queria? Desistir? Desmarcar o encontro? Adiá-lo? Aconteceria uma coisa dessas? Era para confirmar o horário. Que susto! Alencar não me decepcionaria, claro, é um cavalheiro! Tem uma alma nobre. Não deixaria uma dama esperando...

Tudo pronto, inclusive eu, e a empregada ainda estava no banheiro. Já devia ter acabado o banho, tinha escutado o barulho do chuveiro e depois não o escutara mais. Ela demorava a abrir a porta. É o único lugar onde não se pode exigir pressa. Mas em que momento foi acontecer uma coisa dessas... se é o que estou pensando. Meu nervoso aumentava, músculos saltavam, um do braço e outro do rosto. De algum tempo pra cá, meu corpo tornou-se autônomo, reage a seu bel-prazer. Bem, mas eu não podia sequer dizer o nome da moça, muito menos chamá-la, só me restava aguardar. Fui pôr uma música, na tentativa de me acalmar. A bandeja de prata, com o pano bordado, estava arrumada enfeitando a mesinha da sala. E se o interfone tocasse e a empregada ainda estivesse trancada? Testemunharia a chegada de Alencar. E se ela viesse a comentar com o porteiro e ele, por sua vez, contasse a Ma-

201

ria Inês? Ela jamais me perdoaria por ser alguém da família de Conrado. Mas isso não iria acontecer, tinha certeza de que a empregada sairia antes de ele chegar. O pior era pensar nessas coisas quando eu estava tão bem, tão leve, disposta... E se Alencar chegar e eu estiver com a fisionomia transtornada? Crispada e sombria? Que recepção! Mas essa moça não vai sair do banheiro?... E se ela não saísse de lá tão cedo? Eu teria que bater na porta e pedir para que não aparecesse. Diria que estava com visita. Isso seria suficiente para que ela espalhasse pelo prédio que eu recebera um homem na minha casa. Eu, que a vida toda primara por uma conduta honesta, digna e limpa, num piscar de olhos — literalmente — estaria à mercê dos comentários de uma empregada. A campainha tinha tocado? Sim. Não era impressão. Havia tocado mesmo. Devia ser no andar de baixo. Teria ele se equivocado de andar? Devia então estar subindo o lance de escadas. Chegará arfante? Passando mal? E se ele tiver alguma insuficiência? Se for cardíaco? A vida e suas horríveis surpresas. Silêncio na área, e nada de a moça destrancar a porta do banheiro. E Alencar que ainda não subira os degraus? Terá caído? Será que usa lentes bifocais? Não há quem não caia com elas subindo uma escada. Atrapalham terrivelmente a visão. Quem sabe eu abriria a porta e o ajudaria a se levantar. Como estaria começando nosso encontro... Pura falta de sorte! Não era pra acontecer nada disso. Por que eu não tinha acendido uma vela? Maria Inês diz que é a única proteção que ela conhece. Embora eu não acredite, poderia ajudar. O interfone tinha tocado, agora era verdade! Era ele, só podia ser Alencar.

— Hein?... Está bem, mais tarde eu desço e levo.

Era o porteiro cobrando o condomínio. Precisava ser agora?... Espero que Maria Inês tenha se lembrado de deixar o cheque. Difícil acreditar como as coisas podiam se complicar tanto... mas ainda bem que Alencar não havia chegado. Mas essa moça afinal não sai do banheiro? Pronto, o interfone estava tocando de novo. Sentia o descontrole chegando.

— Sim, o que é? Ah, sim, pode deixar subir.

Era ele! Tinha chegado! Corri para bater na porta do banheiro, não havia mais como esperar. Sentia muito, mas não havia outro jeito a não ser interrompê-la. Bati, chamei, e nada... Será que ela estava passando mal? Terei que sair com essa moça às pressas, buscando socorro? Como me acontecia uma coisa dessas?... Empurrei de leve a porta; estava destrancada, e não havia ninguém. Nem rasto da empregada. Saiu sem se despedir? A campainha tinha tocado, dei meia-volta e fui correndo atendê-la. Aflita e confusa, abri a porta para Alencar. Que perguntou se eu estava ocupada.

— Um pouco... Agora não estou mais — disse, flagrada na minha confusão, e o convidei a entrar.

Ele não tinha nada nas mãos, nem se desculpou por ter vindo com elas vazias. Nos sentamos, eu, com a boca pronta para sorrir, enquanto ele me observava atento. Nesse instante, percebi que a música tinha acabado. Logo me levantei para pôr outro CD e, na passagem, esbarrei em sua perna, me desculpando, e voltei a me sentar diante dele, que continuava com seu olhar perturbador. Ainda bem que eu não estava de sandálias. Tinha certeza de que ele não iria gostar. É um homem elegante. Eu sentia o rosto afogueado e já devia estar com placas vermelhas no colo; ficava sempre assim, quando nervosa. Não devia ter posto decote. Alencar perguntava se eu era daqui mesmo. Levei segundos para entender a simples indagação. Disse que sim, e ele disse que sua família era do Sul.

— Ah, sim?... — eu disse.

Comecei também a observá-lo, em detalhes. Tudo que eu via nele me agradava. E me interessava. A tez, uma pequena cicatriz na testa, as mãos claras, de dedos longos, os ombros largos... E uma intensa volúpia, se apoderando de mim, aflorava. Tentando controlar os impulsos, perguntei se ele preferia chá, café, cerveja, vinho, uísque, ou um refrigerante (depois do que disse, achei que não devia ter falado dessa maneira. Eu me descontrolava a olhos vistos). Ele sorriu, e aceitou café. Ofereci em seguida os biscoitos. Ele agradeceu mas não fez menção de se servir. Enquanto sorvíamos a xícara de café, nos observávamos, e eu então disse que estava muito contente de ele ter vindo à minha casa. Seus olhos atentos tomavam conta de mim. Acho que tinha percebido meu descontrole. Nesse instante, decidi perguntar sobre seu trabalho. E o vi dominando um cavalo bravio, chapéu na cabeça, botas de cano alto, e um chicote na mão. Aos poucos, ele começou a discorrer sobre o que fazia. Quando ameaçava uma pausa, eu voltava a interpelá-lo, inteiramente magnetizada pela sua figura, máscula. E ele então seguia contando suas peripécias profissionais. Até que, num dado momento, fui acometida por uma incontinência gestual, e toquei sua mão. Ele não acusou recebimento do gesto. Voltei a tocá-lo, e ele simulava indiferença; seus olhos, antes atentos, se tornaram vagos. Apesar da fala, Alencar se mantinha ausente o tempo todo. Eu acariciava suas belas e fortes mãos — imaginando-as firmes nas rédeas —, enquanto ele tentava explicar como se davam os processos intrincados do que fazia. Naquele momento, eu não me sentia envergonhada, algo me empurrava para a frente; pressenti, na ânsia do vôo, que ia em direção ao abismo. Talvez não seja possível mesmo interromper a corrente de um rio que já tem uma certa força, um certo volume d'água... E o que dizer de uma torrente — quem consegue detê-la? Súbito, ele se levantou, indagando onde ficava o banheiro. Me levantei também, e apontei a porta. Fiquei de pé, andando de um lado ao outro, num grande desassossego. Quando ele reapareceu — meu cavaleiro voltava! —, fui de encontro ao seu corpo e o abracei. Eu palpitava. Era isso. Era isso o que eu tanto sonhara... Nossos rostos se encontraram; nos beijamos, e suas mãos deslizaram pelas minhas costas, quando, sem que eu esperasse, ele se afastou, dizendo que precisava ficar a sós. Zanzando pela sala, encontrou a direção da porta. Nesse momento, pedi mais um beijo. Ele se voltou, me beijou ainda uma vez e, em seguida, foi embora. Fechei a porta e me apoei nela, por instantes, depois fui para o quarto. Me deitei como estava e, com a alma em agonia, custei a me abrigar em mim mesma.

Este livro foi composto na tipologia Minion, em
corpo 12/16, e impresso em papel off-white 80g/m²
no Sistema Cameron da Divisão Gráfica
da Distribuidora Record.

Seja um Leitor Preferencial Record
e receba informações sobre nossos lançamentos.
Escreva para
RP Record
Caixa Postal 23.052
Rio de Janeiro, RJ – CEP 20922-970
dando seu nome e endereço
e tenha acesso a nossas ofertas especiais.

Válido somente no Brasil.

Ou visite a nossa *home page*:
http://www.record.com.br